네가 이 별을 떠날 때

네가 이 별을 떠날 때

한창훈

장편소설

문학동네

차례

1

나에게 어떤 일이 일어났다.

그런 일이 일어날 줄은 꿈에도 몰랐다.

2

살다보면 생각지도 못한 일들이 일어나곤 한다. 짐작과는 늘 다르게 세상은 돌아가니까. 한 사람에게 서너 가지 별다른 일이 생긴다 치자. 어제까지 잘 놀던 개가 종일 고개를 처박고 있거나 친구가 삼 년 만에 전화를 걸어온다거나 이를 닦는데 칫솔이 부러지거나 도로교통법 위반 딱지가 날아오거나 하는 것들 말이다.

하지만 우리는 그런 일로 그다지 놀라지 않는다. 짐작을 했는가 아닌가도 따져보지 않는다. 교통법 위반 딱지는 좀 오래가겠지만 생각보다 싼 게 왔다면 일면 안도감까지 든다. 나는 지금 이 이야기를 연필로 쓰고 있는데 '딱지'를 쓰다가 심이 부러지고 말았다. 하지만 속으로 '앗!' 정도만 하고 곧바로 연필을 깎았을 뿐이다.

그러니 '꿈에도 몰랐던 일'은 엄청난 충격과 파장은 물론 긴 시간이 흐른 뒤에도 절대 잊히지 않을 사건을 말한다. 기분좋은 일이 아닐 가능성도 상당히 높다. 연못에서 선녀를 발견한 나무꾼, 커다란 산삼을 캔 아이, 우연히 무릉도원으로 들어간 어부, 모두 지지리도 가난한 사람이 주인공인 동화 속 인물들일 뿐이다. 현실은 그렇지 않다.

무엇보다, 내가 세상에 태어난 것부터가 생각지도 못했던 일이다. 나 같은 사람이 세상에 나올 거라고 누가 짐작이나 했겠는가(누구도 다를 바 없겠지만). 그도 그럴 것이 한 여자가 아이를 가졌을 때 남편이나 부모 동생처럼 가까운 사이라 해도, 임신을 한 당사자라 해도 어떤 아이가 나올지는 모른다.

아는 사람 중에 통통한 잉어가 가슴에 안기는 꿈의 주인공이 있다. 잉어 태몽은 명성과 재물복 가진 아들 탄생의 예언이라는 해석이 세상에 돌아다니기는 하지만 동사무소 호적부도 그런 것은 보장해주지 않는다. 천재이지 않을까, 하는 기대를 부모에게 잠깐 선사했던 그는 고만고만하게 전락해갔고 어른이 된 다음에도 낚시꾼과 백수 중간쯤 되는 인생을 살다가 종내 민물고기 매운탕집을 차려서 그나마 태몽이 영 엉터리만은 아니라는 것을 증명해냈다. 그 정도이다.

모든 사람은 느닷없이 태어나서 엇비슷한 인생을 살기 마련이다. 숱한 인생들이 그나마 다르게 보이는 것은 '꿈에도 몰랐던 일'에 대한 경험 때문이라고 요즘 나는 생각한다. 몇십 년씩 살다보면 충격적인 사건이 한 번은 찾아오기 마련이니까.

왜 그게 오는지 아무도 모른다. 이유를 알아보려고 유명한 점쟁이를 찾아가볼 수는 있지만 전혀 소용없다는 것을 사실 알고 있다. 자기 인생도 어쩌지 못하는 그들에게 무엇을 기대한단 말인가. 이게 태풍 상륙을 보도하는 많은 뉴스 채널처럼 사는 게 거기서 거기인 우리들의 공통점이다. 그러니 처음부터 고민 따위는 필요 없을지도 모른다.

그렇다 하더라도 나에게 일어난 이 일은 정말이지 이유가 궁금해서 미칠 지경이다. 누가 설명해주면 좋겠다.

예상치 못한 상황은 그전에도 몇 번 있었다.

하나는 여섯 살 때 연못에 빠진 것이다. 연못에 빠지는 것 정도야 수두에 걸리거나 자전거에 치이고 개한테 물리는 것처럼 자라나는 아이들이라면 한 번쯤 겪을 만한 일이다. 상처 없이 자라는 아이는 없으니까. 나와 가까운 사람들은 모두 뒤통수나 손가락, 종아리 같은 곳에 흉터가 있다. 맹장수술 자국도 있었다. 보여주지 않아서 그렇지 항문이나 그 속에 있는 창자를 째고 꿰맨 사람도 몇 명 되었다.

그러니 맥없이 연못에 빠져 허우적거리다가 기어나왔다면 큰 사건일 리가 없다. 어릴 적 친구 중에는 바다로 몇백 미터나 떠내려가다가 가까스로 구조된 애도 있었으니 거기에 비하면 아무것도 아니다. 하지만 나는 무거운 돌처럼 가라앉아 연못 바닥에 반듯이 누워버렸던 것이다. 그건 나에게는 정말 큰 사건일 수밖에 없었다. 그때 임사체험을 했다.

연못은 초등학교 운동장 구석에 있었다. 강력한 북서계절풍이 하늘을 말끔히 쓸어내버린, 몹시도 추운 겨울날이었다. 나는 발갛게 언 볼을 하고 그곳으로 걸어갔다. 그 작은 연못에는 빨갛고 까만 금붕어 몇 마리가 살고 있었다. 그애들은 조심성이라곤 없어 자주 눈에 띄었다. 손가락만한 것이 색깔 분명하게 헤엄치고 있는 모습은 예쁘고 신기해서 내 손가락마저 꼬물거리게 만들곤 했다.

그 시절에는 부모가 아이들 행방을 놓치는 경우가 흔했다. 놓쳤다기보다는 잊어버리고 있었다는 표현이 더 맞을 것이다. 아버지는 집에 없다시피 했고 어머니는 뭐라도 먹을 것을 만들기 위해 하루종일 몸을 움직여야 했으니 나는 심심하고 자유로웠다. 심심함에는 땡볕의 더위나 매섭기 그지없는 겨울 추위도 뛰어넘어버리는 힘이 있다.

연못 옆에는 낮은 철조망이 둥그렇게 둘러쳐져 있고 '동물원'이라고 적힌 작은 팻말이 달려 있었다. 철근에 시멘트를 입혀 조악하게 만들어놓은 기린과 코끼리 따위가 늘 같은 자세로 그 안에서 있었다. 기린은 그럭저럭 제 모습을 유지했으나 코끼리는 코 부분의 시멘트가 통째로 떨어져나간 상태였다. 그나마 철근이 길게 휘어진 채 남아 있어 코끼리 코에는 뼈가 있다고 우기는 것처럼 보였다. 철조망 또한 거의 뜯어져 있다시피 해서 마음대로 들락거릴 수 있었는데, 그래서 아무도 드나들지 않았다.

처음 봤을 때는 잠시 흥미를 느끼기도 했다. 살아 있는 것이라고 생각했으니까. 단지 가만히 있는 생물체라고. 하지만 아무리 보고 있어도 그것들은 단 한 발자국도 움직이지 않고 울지도 않았으며 신음소리조차 내지 않았기에 흥미를 잃었다. 아이들은 움직이는 것에 눈이 간다.

나는 곧바로 연못 쪽으로 다가갔다. 거기에 처음 보는 게 있었다. 수면이 없어진 대신 등장한 이상한 질감의 물체. 반투명한 돌덩이 같기도 하고 두툼한 막 같기도 했는데 물과 달리 아주 여리게 햇살을 반사하고 있었다. 그게 얼음이었다. 남쪽 섬이라 그때까지 얼음을 본 적이 없었던 것이다.

흙가루, 돌담, 풀, 벌레, 해초를 처음 봤을 때처럼 나는 손을 뻗어 만져보기 시작했다. 흙은 부드러웠고 돌은 딱딱했으며 풀은 바람을 타고 어딘가로 가려고 애쓰는 느낌이었다. 벌레는 굼틀거림이, 미역이나 다시마는 미끄러운 감촉이 느껴졌다. 다들 달랐던 것처럼 얼음도 예외는 아니었다. 차가우며 단단했다. 아무 말 않겠다고 꾹 다물어버린 입 같았다. 그러면서도 돌멩이하고는 닮은 구석이 없었다.

풀이나 벌레를 밟듯 나는 조심스레 발을 옮겼다. 얼음은 꿀렁거리며 몸무게를 버텨냈다. 동시에 커다란 공기 방울이 발밑에서 이

리저리 움직였다. 물은 어디 안 가고 거기에 있었던 것이다. 공기 방울 움직이는 모양과 그 위에 설 수 있다는 사실이 여섯 살짜리를 감동시켰다. 그렇다면 금붕어도 그 아래 어디엔가 있을 것이기에 나는 고개를 잔뜩 숙인 채 연못의 중심 쪽으로 한 발자국씩 이동했다. 그러다 빠직, 얼음이 깨지고 그대로 빨려들어가버린 것이다.

수심은 이 미터 정도. 별다른 저항도 못해본 채 곧바로 연못 바닥에 등이 닿아버렸다. 달라진 건 차가운 공기 대신 더 차가운 물이 몸을 감쌌다는 것뿐이었다. 얼핏 검정색 금붕어가 보인 것 같았으나 환영이었을지도 모른다. 눈을 뜨고 있었던 것은 맞다. 저 위에서는 깨진 얼음과 하늘이 뒤엉켜 괴상한 모양과 색감을 만들고 있었으니까. 그렇게 누운 상태로 의식이 몽롱해지며 어딘가를 향해 빠른 속도로 날아가는 듯한 느낌이 들었지만 분명하지는 않다. 여러 가지로 애매하고 두루뭉술했다.

다만 아주 낯선 곳의 풍경이 보였다는 것은 기억난다. 은회색 장막이 주렴처럼 늘어져 있고 밀도가 아주 높은 안개 덩어리 같은 것이 옆에서 꿈틀거렸는데 그게 누군가의 얼굴이나 손처럼 가까이 다가와 나를 휩싸고 돌았다. 아마도 눈앞에서 어른거리는 물그림자였을 터인데 걱정 따윈 전혀 들지 않았다. 별 뜻 없이 날아온 배추흰나비 정도로 여겨서 되레 평온해지기까지 했다. 아이들의 특징은 걱정을 하지 않는다는 것이다. 걱정은 어른들의 일이다.

그게 죽음의 방문이라 해도 그 나이 아이들은 순진하고 멍청하기 때문에 텅 빈 백지처럼 반응이 없는 법이다. 그 무지가 용기를 만든다. 호랑이에게 손을 내밀거나 핵폭탄 터지는 광경을 멍하게 바라보고만 있는 것처럼 말이다. 절체절명의 위기에도 일체의 동요가 없다는 점에서만큼은 아이들은 신을 닮지 않았을까?

이야기하다보니 삶과 죽음을 초월해버린 것처럼 들릴 수도 있겠다는 걱정이 든다. 아니다. 조금만 이성적으로 따져보면 얼음물에 빠진 충격으로 정신을 잃어버렸다는 게 정확한 표현이다. 그지없이 차가운 기운이 급습하여 순식간에 체온을 앗아갔고 그 때문에 코마 상태에 빠져버린 것. 한마디로 맛이 가버린 것. 별로 내키지는 않지만 이게 맞을 것이다. 이성이란 쓸데없이 냉정한 구석이 있으니까. 그다음은 나중에 들은 증언이다.

십삼 세 소년이 소를 몰고 산으로 가다가 누군가가 부르는 것만 같아서 텅 빈 운동장으로 방향을 틀었다고 한다. 물론 나는 사람이 지나가는 줄 몰랐고 살려달라고 부르지도 않았다. 말했잖는가, 평온한 상태였다고. 더군다나 물속에서 소리를 질러봤자 전혀 들리지 않는다.

소년은 운동장을 한 바퀴 둘러보았으며, 연못의 부서진 얼음을 보았으며, 거기로 달렸으며, 고삐를 놓지 않았기에 엉겁결에 소도 달렸으며, 연못 바닥에 애가 누워 있는 것을 발견했다. 그는 고삐를 놓고 물로 뛰어들었다. 놓지 않았으면 소도 뛰어들었을지 모른다.

이곳이 섬이라는 점이 중요하다. 섬 아이들은 가갸거겨를 배우기 전부터 물놀이를 시작한다. 입학한 뒤로도 상당수의 아이들은 가갸거겨를 해마다 되풀이하여 배워야 하지만 헤엄치는 실력만큼은 쑥쑥 늘어난다. 초등학교 육학년이면 오 미터 잠수도 거뜬히 해낸다. 그러니 이 미터 깊이는 문제가 되지 않는다.

무호흡 상태로 정신을 잃었던 내가 어떻게 기침을 했는지, 어느 시점부터 사람을 알아보았는지는 알지 못한다. 사람에게는 고통스러운 기억을 지워버리려는 버릇이 있다는 것을 나중에 책에서 읽었다. 그래서 그럴 터이지만 몽롱하고 편안한 느낌만 남았을 뿐이다.

그는 악을 써서 어른들을 불렀다. 소도 덩달아 울었다. 어른들이 달려왔다. 나는 집으로 옮겨졌고 이번에는 소년이 꽁꽁 얼어버렸으며, 딱히 방법이 없었던 어른들은 그를 집으로 돌려보냈으며, 아랫목에서 이불을 뒤집어쓰고 끙끙 앓았다고 전해지는데, 그 탓에 소는 하루종일 신선한 풀을 먹지 못했다고 한다. 거짓말이 아니란 것을 증명하기 위해 설명을 덧붙인다. 남쪽 섬은 한겨울에도 소가 뜯어먹을 풀이 있다.

그 경험의 여파는 유아적이며 개인적인 판단으로 변질된 채 오래갔다. 이런 일이 있었다. 중학생 때였다. 엄마가 죽어 슬픔에 빠진 친구에게 나는 이렇게 말했다.

"죽는 거 생각보다 마음이 편해. 아늑하고."

그가 당황스러운 표정을 짓자 좀 우쭐한 마음까지 들었다.

"정말이라니까. 내가 죽어봐서 알아."

"……"

"그러니 아무리 울어도 네 엄마는 지금 혼자서 기분좋아할걸?"

친구는 더욱 서글프게 울었다. 그 모습을 보면서 세상에서 가장 슬픈 사람은 아직 안 죽은 사람이라고 생각했다. 이런 사고방식은 훗날 마음이 울적하거나 죽을까봐 겁이 날 때 유용하게 활용되었다. 죽는 것은 사실 쉬워, 느낌도 좋아, 이런 근사한 방법이 최후의 수단으로 남아 있다는 게 얼마나 다행이야, 이렇게 넘어가곤 했던 것이다. 사춘기를 통과할 때도 그랬고, 거대한 풍랑을 만나 배가 위태로울 때 특히 도움이 되었다.

삼등항해사 때였다. 샌디에이고에서 출발하여 우리나라로 오다가 오키나와 근방에서 태풍을 만났다. 북반구에서는 태풍이 북쪽으로 올라간다. 태풍 오른쪽은 바람이 시계 반대 방향으로 부는 탓에 중심으로 빨려들기 십상이라 위험반원이라 부른다. 반대쪽인 왼편은 가항반원 지역이다. 문제는 미국과 일본의 기상도가 태풍의 예상 진로를 다르게 보여주고 있다는 거였다. 당시 우리나라 기상정보는 수준이 낮았다.

선장은 숙고 끝에 경로 하나를 선택했다. 그런 상황에서는 숙고라고 해봤자 홀짝 게임을 하는 것과 같다. 그리고 그의 선택은 틀려버렸다. 위험반원 지역으로 들어가고 만 것이다. 초속 사십 미터 바람이 배를 밀어붙였고 십 미터 높이의 파도가 마구잡이로 흔들었다. 견고하게 쌓아둔 컨테이너가 속절없이 넘어지며 뱃전을 때리고는 바닷속으로 빨려들어갔다. 그럴 때마다 이백육십 미터짜리 선박은 미친바람과 파도의 소용돌이 속에서 굉음을 내며 요동쳤다. 모든 선원이 자리를 이탈해 선교로 모여들었다. 그들은 선장을 바라보았다. 선장은 못 본 체했다.

나는 여섯 살 때의 임사체험을 떠올리며 '죽는다는 것은 의외로 평온해'를 생각하고 있었다. 결국 배는 중심을 잃고 옆으로 넘어지기 시작했다. 선원들은 아무거나 붙잡고 비명을 지르다가 우당탕탕 미끄러지며 머리와 어깨 따위를 찧어댔다. 울부짖는 이들도 있었다. 선장도 예외가 아니어서 눈을 질끈 감은 채 자이로스코프 받침대를 껴안고 울음에 가까운 신음소리를 내뱉고 있었다.

배는 사십오 도 기울어지면 다시 일어설 수 없다. 그야말로 바닷속으로 처박혀 빨려들어가던 그때 엄청난 크기의 삼각파도가 반대편으로 쳐올렸다. 배는 부서질 듯 몸부림치며 간신히 중심을 잡았다. 그 상황에서 아무런 소리를 내지 않고 있는 사람은 나 혼자였다.

하지만 내가 자살을 한다면 한겨울 차가운 물에 빠지는 방법은 선택하지 않을 것이다. 이 이율배반은 어떻게 설명하지 못하겠지만.

반년 전이다.

명예퇴직 신청을 하자 회사는 곧바로 받아들였다. 나는 선장직에서 은퇴하고 고향인 이곳 섬으로 내려와 바닷가 홀로 떨어진 집을 하나 얻어 들었다. 집은 오랫동안 비어 있던 터라 아주 지저분했다. 보일러는 망가지고 벽지는 모두 뜯어졌으며 쥐똥이 사방에 널려 있었다. 거미줄도 많았다. 나는 민박집에서 숙식을 하면서 근 보름간 치우고 쓸고 닦았다.

워낙 오래된 탓에 수도도 끊겨 있었는데 낚싯배를 하는 후배가 나를 알아보았고 직접 수리를 해주었다. 수돗물이 들어온 다음날이었다. 고무호스로 물을 쏴서 유리문을 씻고 있는데, 늙은 여인네가 지팡이로 땅을 두들기며 다가오더니 한동안 나를 힐끔거렸다. 우리는 눈이 마주쳤다.

"안녕하세요."

인사를 하자 그녀는 머뭇거리며 입을 열었다.

"누가 이 집을 세 얻었다고 하더만…… 오랫동안 빈 집은 손대기가 쉽지 않은데."

그녀는 늙은이의 특징대로 모두 아는 사실을 혼자만 알고 있는 것처럼 흐리게 말을 이었다. 나는 꼭지를 잠그고 나서 심드렁하게 대꾸했다.

"이제 거의 다 치웠습니다."

"깨끗해지긴 했구먼. 사람 손이 무섭기는 하지."

좌우를 두리번거리던 그녀는 순간 내 얼굴을 또렷이 바라보기 시작했다. 알아보겠다는 신호였다. 이러면 아버지나 어머니 이름

또는 택호가 나오는 게 순서였다. 부모의 존재를 떠올리고 그것을 통로 삼아 나를 기억해내는 게 일반적인 수순이니까. 그런데 노파는 엉뚱하게도 내 이름을 바로 말하는 거였다. 그 이름 주인이 내가 맞다고 대답하지 않을 도리가 없었다. 그녀는 몹시 반가운 표정을 지으며, 심지어 눈에 생기까지 돌면서 지팡이를 내던지고 몇 걸음 더 다가와 젖은 손을 잡았다.

나는 오래전에 고향을 떠났고 그동안 단 한 번도 돌아오지 않았다. 그런 내 이름을 단박에 기억해내고 반가워하는 이는 처음이어서 좀 얼떨떨해졌고 이 여인이 내 기저귀를 갈아주었다거나 하는 당숙모 정도 되는 것은 아닐까, 짐작을 해보기도 했다. 그러나 도대체 기억에 없는 얼굴이었다. 노파는 눈물까지 글썽거려가면서, 이름을 자꾸 들먹이면서, 이렇게 말하는 것이었다.

"그래, 맞어, 맞어, 우리 아들이 살려줬잖어? 연못에 빠져서 숨넘어간 것을 뛰어들어 건져냈잖어, 응?"

그거였다. 그녀는 나를 연못에서 건져준 십삼 세 소년의 어머니였던 것이다.

"아이구, 그 추운 날씨에 소 몰고 나갔다가 홀랑 젖어서 왔드라고. 손이고 입이고 덜덜 떨던 모습이 지금도 생생하네."

나는 곧바로 죄지은 사람 얼굴이 되었다. 그녀는 말릴 엄두도 안 나게 "그때는 쪼그만 애기였는데 벌써 머리가 이렇게 됐네. 배 탄다고 들은 것 같은데…… 그래, 어머니는…… 아이구야, 그렇게 됐구먼. 하여튼 우리 아들이 그때 목숨걸고 살려줬기에 이렇게 살고 있는 거지……" 이런 말들을 무성영화 변사처럼 연이어 내뱉었다.

예예, 소리나 하고 있어야 할 형편이던 내가 말을 끊듯이 소년의 근황을 물어본 것은 북받쳐오른 감정의 시간이 너무 길어졌기 때문이었다. 그녀는 눈물을 훔치며 대답했다. 어른이 된 소년은 연거푸 사업을 벌였다가 거듭 실패했고, 그 덕에 며느리랑 이혼까지 했으며, 그뒤로는 아주 찌그러지고 말았다며 혀를 찼다. 우리는 만나지 못하는 사람들에 대해서는 맨 마지막 모습을 가장 큰 이미지로 가지고 산다. 소 몰고 가던 씩씩한 섬 소년과 사업 실패로 초라해져버린 초로의 사내가 선뜻 연결되지 않아 나는 그냥 서 있었다. 그녀는 탄식조로 덧붙였다.

"자식 늙는 것 보면 우리는 늙은 것도 아니여."

꿈에도 생각 못한 일은 또 있다.

이등항해사 시절이다. 컨테이너선을 몰고 유럽으로 가던 길이었는데 인도양 다 지나 아덴만에 가까워질 즈음 그 일은 일어났다. 새벽 네시는 이등항해사 선교 당직 근무가 끝나는 시간이다. 다음 당직인 일등항해사가 삼십 분 늦게 올라와서 그날 근무 교대는 네시 반에 이뤄졌다. 일등항해사의 파트너인 삼등타수는 제시간에 올라왔기에 나와 함께 당직을 섰던 이등타수는 이미 내려간

다음이었다. 항해 파트 당직은 항해사와 조타수가 짝을 이룬다.

이십대 후반의 새벽 네시 반이라면 여러 가지 특징이 있겠지만 가장 큰 것은 배고픔이다. 나는 혼자 갤리선박의 식당로 갔다. 그곳 냉장고에는 여러 종류의 아이스크림과 과일 따위가 있었다. 선반에는 과자와 라면도 있었다.

늦게 올라온 일등항해사에 대한 불만으로 나는 입이 튀어나온 상태였다. 상관에게 왜 오지 않느냐고 전화를 걸 수도 없는데다, 언제 올지도 모르는 사람을 기다릴 때 시간은 더욱 지루하게 흘러가니까. 당직 네 시간은 그냥저냥 넘어갔지만 추가 삼십 분 동안은 허리가 뒤틀릴 지경이었던 것이다. 그만큼 덜 자야 한다는 소리이기도 했다. 그 나이, 그 시간대의 두번째 특징은 쏟아지는 잠이다.

기분이 상한 상태로 문을 열고 들어가던 나는 그만 숨이 떡 막히며 얼어버렸다. 낯선 사람과 마주쳤기 때문이다. 그는 과자와 라면 봉지, 물병을 품에 안은 채 막 나오려던 참이었다.

사람이 다른 사람과 마주치는 것을 탓할 건 못 된다. 우리는 끊임없이 그리하니까. 하지만 밤늦은 시간 낯선 골목이라면 이야기가 달라진다. 내 경우는 그것보다 훨씬 더했다. 원룸에서 자다가 모르는 사람 때문에 소스라치며 깨거나 전쟁중 매복 진지에서 적군과 마주친 상황과 같다고 할까. 설마, 라고 말하지 말기 바란다. 거긴 배였다. 사만육천 톤, 승무 인원 스물두 명인 컨테이너선. 아덴만과 가깝지만 아직 육지가 보이지 않는 인도양이었고 공해상이었다. 그런 배에서 최고 끔찍한 상황은 사람 하나가 없어지거나 한 명 더 느는 경우다. 없던 사람이 나타났다면 해적이거나 유령이거나, 최소한 밀항자니까.

네시 반에 갤리에 온 것으로 보아 그는 당직 근무시간을 파악하고 있던 것 같았다. 문제는 그도 놀랐다는 것이다. 거리는 일 미터. 우리는 찐빵처럼 부푼 동공, 모골송연의 얼굴 피부, 헐떡거리는 호흡, 이런 상대의 모습을 거울 속의 나인 양 바라보았다. 두 사람 심장박동을 합치면 아마도 고속보트 한 척의 동력으로 쓸 수 있었을 것이다.

키는 보통이고 입성은 초라했다. 지친 몰골에 노동자풍의 얼굴에는 두 눈의 흰자위만 분명했다. 머리카락은 뒤엉킨 채 떡이 져 있고 손도 물에 담가본 지 한참 되어 보였다. 손톱만 하얬다. 내가 갑판원이었다면 곧바로 되돌아서 나왔을 것이다. 선원 행동 지침 중 이런 경우 상대를 자극하지 말라는 게 있다.

하지만 나는 사관 선원인 이등항해사였다. 군대로 치면 장교다. 대학에서 군사훈련을 이수했다. 장교는 과감하고 신속하게 문제를 해결해야 한다. 어떤 경우에도 쫄면 안 된다. 그러나 장교치고는 참으로 어울리지 않는 말이 입에서 튀어나오고 말았다.

"뭐, 뭐야, 다, 다, 당신."

확연히 떨리는 목소리였다. 그러니까 사관 선원으로서 한 유일한 대응이 상대에 대한 몹시도 단순한 질문이었던 것이다. 입냄새를 강력하게 풍기는 것으로 질문을 무시한 그는 주머니에서 재빨리 칼을 꺼내 나를 또 놀라게 했는데 정작 그 칼을 자신의 목에다 가져다 댔다. 그리고 위급, 애절, 절박, 뭐 그런 심리 상태가 모조리 들어가 있는 애원의 눈빛으로 나를 바라보았다. 위해를 가하면 그어버리겠다는 메시지였다.

짧은 순간, 칼끝이 그쪽으로 간 것이 몹시 다행이라고 판단하고는 사람이 죽어버리겠다는데 그러라고 할 수는 없는 노릇이라서 그대로 몸을 돌렸다. 돌아보면 안 된다, 절대 돌아보지 말자, 내가 나에게 계속 지시를 내렸다. 생고무 패드를 덧댄 안전화가 내는 미세한 발소리가 총소리보다 크게 들렸다. 승강기는 내렸던 자리에 그대로 있었다. 스위치를 눌렀고 문이 열렸다 닫힌 다음 올라갈 때까지 나는 벽만 바라보았다. 그게 장교 위치에서 한 행동이었다.

배가 고픈데다 가슴이 떨려 아침까지 잠을 잘 수가 없었다. 우리 배가 인도양에 접어들기 전 마지막 들른 곳은 말레이시아 포트클랑이었고 그 직전은 싱가포르였다. 아마 그중 한 곳에서 몰래 탔을 것이다. 말레이시아에서 탔다 하더라도 근 열흘이다. 그 기간 동안 숨어 지내며 먹을 것을 훔쳐 연명했다는 것 아닌가.

아침 여덟시. 교대를 마친 일등항해사를 찾아갔고 우리는 선장에게 보고했다. 선장은 한숨부터 쉬었다. 이런 경우는 참으로 골치 아팠다. 밀항자가 있다는 것은 항구 정박시 경계에 실패했다는 것을 뜻했다. 탄 사람보다는 타게 그냥 둔 사람이 문제가 된다. 문책을 당하게 된다는 소리다.

그리고 그를 붙잡아 신병을 넘겨야 하는데 그러자면 가까운 곳으로 입항을 해야 한다. 그것으로 끝이 아니다. 회사가 밀항자의 체류와 송환 비용을 책임져야 한다. 그 모든 문제가 해결될 때까지 배는 오도 가도 못한다. 당연히 운항 계획에 큰 차질이 생긴다.

선장은 대책회의를 열었다.

갤리의 간식거리가 평소보다 빨리 줄어들었다는 조리장의 발언이 있었고 조기장기관부의 중간 직책은 깊은 밤 시커먼 그림자를 언뜻 봤다는 기관원의 증언을 옮기기도 했다. 증언이 나올수록 선장의 얼굴은 딱딱하게 굳어갔다. 그는 일단, 돌아서 나온 나를 칭찬했다. 겁쟁이 같은 행동이 칭찬을 받는 게 이상하지만 배란 그런 곳이다. 칼에라도 찔리면 그건 그것대로 심각한 상황이니까.

화물선의 역할은 화물을 정해진 시간 안에 지정된 항구로 옮기는 것이다. 입항이 늦어지면 접안 순서를 새로 잡기 위해 에이전시와 계속 연락해야 하는데다 실수나 사고로 인한 지연이라면 화주들이 클레임을 걸어오기도 하니까 지켜내야 한다. 그런데 항해사 한 명이 피를 흘리며 헬기로 이송된다면 최악이다. 헬기 이송도 그나마 육지가 가까운 곳에서나 가능하다. 짜장면 배달 도중에 오토바이가 넘어진 것에는 댈 수가 없다. 화물선은, 특히 고가의 물건이 잔뜩 실린 컨테이너선은 배달계의 최고봉이라고 할 수 있다.

선장은 3인 6개 수색조를 편성했다. 선교와 기관실 당직 네 명을 빼고 모두 투입된 것이다. 우리는 대걸레 자루와 휴대용 소화기를 무기로 들고 배를 뒤지기 시작했다.

수색은 가장 높은 곳에 있는 선교부터 시작하여 한 층씩 내려가며 진행됐다. 하급 선원은 물론 사관 선원 방, 심지어 선장실도 예외가 없었다. 어느 누구도 밀항 조력자라는 피의자 신분에서 자유로울 수 없으니까. 덕분에 방이 지저분한 선원 몇 명이 주의를 받았다. 그들 방에는 맥주 캔과 과자 봉지, 게임기가 어질러져 있었다. 갤리, 커다란 냉장실(설마 여기에 있겠는가 하면서도), 체육관, 잠겨 있는 본드면세용 술과 담배를 넣어두는 곳에 오피스까지 구석구석 살핀 다음 출입구를 잠그고 주갑판으로 나갔다.

거기서부터는 수색 반경이 넓어져서 절반은 선미 타기실, 절반은 기관실로 내려간 다음 선미 탱크에서 만나 갑판으로 되올라왔다. 없었다. 이제 남은 것은 컨테이너가 촘촘히 쌓여 있는 선수까지의 공간. 거기만 따로 떼어내도 이백 미터 가까이 된다. 열여덟 명이 양쪽으로 갈라져서 컨테이너 사이사이를 훑고 가니 어느덧 오후가 되어 있었다.

점심시간이 됐어도 밥 먹으러 가지 못한 것이다. 일종의 토끼몰이이니 중간에 멈출 수 없는데다가 조리장과 보조 쿡도 함께 수색 중이었다. 그런데 거기에도 없었다. 선수의 유압식 윈들러스닻줄을 감거나 푸는 장치 아래 틈을 들여다보고 걸레 자루를 쑤셔넣고 마구 흔들어보기까지 했는데 말이다. 숨어 있던 새 한 마리만 놀라서 날아오를 뿐이었다. 갑판원 중에는 우리의 수색에 몰리다 바다로 뛰어들었을 거라고 생각하고 외벽 쪽을 내다보는 이도 있었다. 하지만 그것은 말이 안 된다.

그렇게 큰 배가 시속 이십사 노트로 빠르게 가고 있을 때 이십오 미터 높이에서 뛰어내리는 것은 자살행위다. 뛰어드는 순간 세찬 물살에 잠기게 되고 그대로 스크루가 만들어내는 소용돌이에 말려들 테니까. 차라리 잡히는 게 낫다.

"야, 이항사, 꿈꾼 거 아녀? 사람이 있다면 이 정도 수색에 나와야 할 거 아냐."

기관장에게 한소리 듣자 나는 미안한데다 자신감마저 없어져서 그게 꿈이었나, 하는 의심이 들기도 했다. 그러나 기억은 분명했고 만약 꿈이라면, 어쩌면 더 무서운 경우였다. 무슨 이유로 그런 꿈을 꾼단 말인가.

결국 내 말이 맞았다는 결론이 났지만 반가워할 정황은 아니었다. 선수루 갑판 아래 빈 공간과 뱃전 사이에서 커다란 똥 무더기를 발견한 것이다. 물이 반쯤 든 페트병과 함께. 라면이나 과자 봉지는 아마도 바람에 날려가버렸을 것이다. 거긴 선원들이 갈 일이 거의 없는 곳이기도 했다.

똥의 주인은 발견되지 않았고 한나절 넘게 진행된 수색에 우리는 지쳐버렸다. 그가 18대 1의 싸움에서 이긴 것이다. 어디에 숨었을까. 어딘가에 숨어서 더듬이처럼 두 눈을 끔벅이며 떨고 있을 텐데 말이다.

근처에 있는 것은 분명하나 보이지 않는 존재는 많은 생각을 하게 만든다. 겁먹고 돌아선 주제에 나는 그에 대해 생각했다. 무슨 사연일까. 무엇 때문에 발각될 게 뻔한 장거리 화물선에 올라탔을까. 가난 때문에 선택한 도피일까, 도전일까. 부두의 철책은 어떻게 넘었고 갱웨이접안시 내리는 계단는 언제 올라왔을까. 아내가 있을까…… 가족은 있겠지…… 인도양은 건너왔지만 이젠 들켜버렸고, 어디에 그렇게 잘 숨었는지는 모르지만 대대적인 수색도 지켜봤을 터라 먹을 것을 훔치러 오기가 쉽지 않을 것이다. 유럽까지 간다면 도중에 탈수로 죽을 게 뻔하다.

그러는 사이 배는 아덴만으로 접어들었다. 다음날에는 홍해가 나타났다. 나중에 걸리면 혼날 게 뻔하지만 마음이 그렇게 움직여서 새벽 네시 근무 교대를 한 다음 주갑판으로 나가 똥이 있던 근처에 물과 과자를 놔두었다. 길고양이 먹이를 두듯.

홍해는 좌우 육지가 한눈에 보였다. 그리고 천천히 좁아졌다. 나무 하나 없는, 황량하되 높은 산이 첩첩 이어져 있었다. 밤늦어 수에즈 입구에 도착했고 앵커를 내리고 기다렸다. 우리 배는 통과 번호 2번을 받았고 날이 밝자 데드 슬로초저속로 운하에 들어섰다. 왼편은 이집트 도시였다. 반듯한 물양장과 줄지어 서 있는 나무, 타원형 지붕의 모스크, 아파트와 집 들이 이곳은 사람들이 사는 곳입니다, 하고 있었다. 오른편으로는 끝없는 사막이어서 우리가 살고 있는 행성의 양극단적인 모습이 서로 마주보고 있는 형국이었다.

그 사람은 그곳에서 뛰어내렸다. 발견한 이는 갑판장이었다. 갑판장은 경험이 많은 이였다. 그는 별 동요 없이 선교로 올라와 우리가 찾던 남자가 조금 전 우현에서 뛰어내렸으며 헤엄쳐가는 모습을 보았다고 말했다.

"햐, 어디 기가 막히게 숨어 있었던 모양입니다."

이제 막 운하에 들어선 참이라 도선사와 세관 관리는 아직 타지 않았다. 배는 데드 슬로로 전진하며 그들이 오기를 기다리는 중이었다. 밀항자는 당장 땅이 가깝고 배가 느리기에 뛰어내렸을 것이다. 선장은 아무 말 없이 쌍안경을 들어 그쪽을 바라보았다. 나도 그랬다. 사막 쪽을 향해 사내가 헤엄치는 모습이 눈에 들어왔다. 갤리에서 보았던 옷차림 그대로였다.

"사막으로 가서 어쩌려고."

당직인 삼등항해사가 중얼거렸다.

"어쨌든 당장 안 잡혀야지 않겠어?"

그래도 한번 봤던 사이라고 나는 편을 들고 있었다. 사막을 선택한 이유는 도시로 들어가면 곧바로 잡힌다는 판단으로 보였다. 하지만 사막 쪽에는 군인들 초소가 있었다. 그 사람 입장에서 다행인 것은 헤엄쳐가는 곳이 초소와는 어느 정도 거리가 있었고 이쪽에서 살펴본 바로는 낌새를 알아차리지 못하고 있다는 거였다.

"개새끼. 똥이라도 치워놓고 가지."

갑판장은 그게 불만이었다. 선교에 있던 사람들이 웃었다. 갑판을 깨끗이 유지하는 게 그의 임무라서 그러기도 했지만 그 웃음의 저변에는 골치 아픈 일이 자연스럽게 풀린 데 대한 안도감이 깔려 있었다. 이제는 군인에게 잡혀 우리 배를 지목한다 하더라도 상관없었다. 온갖 종류의 배들이 일렬로 줄지어 가야 하는 곳이 수에즈운하다. 세계적인 병목 구간이니 도중에 멈출 수가 없다. 그렇기 때문에 몇 시간 뒤 군인이나 경찰이 우리 배를 수사하러 찾아올 확률도 낮다. 설사 찾아온다 하더라도 모르는 일이라고 발뺌하면 된다.

마음이 가라앉지 않았던 나는 윙 브리지로 나가 멀어지는 그를 살펴보았다. 윙 브리지는 선교 옆 돌출되어 있는 공간으로 입출항 시 도선사와 선장이 사용하는 장소다. 툭 튀어나와 있어 모든 곳이 잘 보인다.

그는 모래와 바닷물이 만나는 곳에 도착하였고 한동안 엎드려 있다가 사막 속으로 걸어들어갔다. 점을 찍듯 하나씩 생겨나는 발자국을 보며 어쩌면 사막에 볼일이 있는지도 모른다고 생각했다. 그렇지 않다면 너무 가혹한 상황이 되니까. 그런데 노동자풍의 바짝 마른 사내가 뭐한다고 이역만리 사막 속으로 걸어들어간단 말인가…… 쌍안경 속에서 그는 아주 작은 점으로 변해갔다.

물병과 과자 봉지는 그 자리 그대로 있었다. 갑판원이 회수해온 것을 바라보던 조리장은 이렇게 말했다.

"남은 거 돌려주고 간 거야? 그 자식, 예의는 있구먼."

그것은 며칠간 다른 곳에 숨어 있었다는 것을 뜻했다. 제대로 먹지도 마시지도 못했을 것이다. 우리가 모르는 곳에 비축해놓지 않았다면 말이다. 나는 모른 척 밥을 먹었다.

수에즈를 빠져나온 배는 지중해로 접어들었다. 놓아두었던 음식이 그대로 있어서 더 그랬을 터이지만 불편한 마음은 밤 열두시 당직시간이 되어도 가라앉지 않았다. 시속 이십삼 노트. 달이 뜨지 않아 밤바다는 칠흑처럼 어두웠다.

사막은 물이 없는 곳이다. 더군다나 밤이 되면 말도 못하게 추워지는 곳이기도 하다. 지금쯤 벌벌 떨고 있을 것인데…… 그런 생각이 떨어져나가지 않았다. 그때 왜 진정시켜서 이야기를 나눠보지 못했을까, 왜 등신같이 도망치듯 되돌아왔을까, 오래 먹을 수 있는 것들을 챙겨줄 수도 있었는데…… 물론 그가 뛰어내려버렸기에 그런 생각이 들었을 것이다.

그나저나 어디에 어떻게 숨어 있었기에 들키지 않았을까, 나라면 어디로 피했을까, 혼자 끙끙거리다가 아, 하고 한 가지 방법을 떠올렸다. 나는 항해등 불빛이 내려앉는 컨테이너 무더기를 향해 고개를 내밀었다.

컨테이너를 선박에 실을 때 움직이지 않도록 래싱이라는 작업을 한다. 파이프를 X자 형태로 고정시켜 위의 것과 아래 것을 묶는 것이다. 그 파이프를 타고 위로 올라갈 수가 있다. 항구에 접안하면 고정 장치를 제거하기 위해 인부가 직접 올라간다. 오층까지. 위험한 일이다. 직접 보지는 않았지만 떨어져 죽는 경우도 있단다. 바로 거기였다. 수색조가 가까이 오자 파이프를 타고 올라갔던 것이다. 배가 워낙 길다보니 선수 쪽 컨테이너 위에 올라가 납작 엎드리면 선교에서는 보기 힘들다. 일부러 신경쓰지 않는다면.

명색이 항해사인데 뒤늦게 그 생각이 떠오른 이유는 아둔함 말고는 없다. 선장이나 기관장, 일등항해사는 짐작했을지도 모른다. 그렇다면 모른 척한 것이다. 곧 수에즈가 나타나니까. 그리고 밀항자는 부두 인부였을 수 있다. 배에 대해 어느 정도 알고 있을 거라는 짐작이 가능하다. 그건 그렇다 치자. 배를 아는 것과 밀항은 전혀 다른 이야기다.

이를테면 그는 출항하는 배를 날마다 바라보면서 언제 떨어져 죽을지 모르는 자신의 처지를 한탄했을 것이다. 그래서 멀리 가려고 한 것일까. 아니면 실수로 배에 남아 있었던 것일까. 도대체 왜 배를 탔을까.

피곤한 일이지만 궁리는 멈춰지지 않았다. 정말 사막이 목표였을까. 유럽의 큰 도시가 아니고? 우리 배가 다음 도착할 곳은 네덜란드의 로테르담이었다. 앞으로도 지중해를 지나고 북대서양으로 한참 올라가야 한다. 그것은 몰랐을 것이다. 단지 유럽의 큰 항구가 목표였는데 밀항자 노릇에 지쳐서 뛰어내렸을 가능성도 높다. 그런데 목적지가 정말 사막이었다면 무슨 이유였을까.

동화적인 발상이 연달아 터져나온 탓에 생각의 끝은 이렇게 마무리되었다. 그도 생텍쥐페리처럼 어린 왕자를 만나러 갔을 것이다. 돈이 없다면 사막 근처로 가는 배를 몰래 타고 가는 것도 방법이니까. 그렇게 생각하니 하나의 구성이 짜맞춰졌고 조금은 편해지는 듯했다.

그러나 오래가지는 못했다. 마음 깊은 곳에서는 실제로 그럴 거라는 생각이 전혀 들지 않았기 때문이다. 무언가 허전했고 공연히 외로워지기까지 했다. 홀연히 피가 끓는 것 같고 어디론가 멀리 가고 싶기만 했다. 술이라도 마구 마셔버리고 싶은 욕구도 생겨났다. 왜 그런지는 설명하기가 어렵지만 그랬던 것은 지금도 기억이 분명하다. 당장 배를 돌려 한국으로 가버리고 싶은 충동까지 일었으니까.

간신히 당직시간을 채운 다음 방에서 맥주를 마셨다. 그리고 가방을 뒤져 그때까지 가지고 다니던 『어린 왕자』 책을 꺼냈다. 탈색된 문고판. 그것을 다시 읽으며 오아시스가 숨겨져 있다는 사막의 아름다움을 일부러 생각했다. 사막에서 살아 돌아온 생텍쥐페리를 애써 생각했다. 사막에서 만나게 될 뜻밖의 인연에 대해서도 헐떡이며 생각했다.

그렇지만 결국에는 사막 복판에서 갈증으로 괴로워하다가 죽어가는 사내가 떠오르고 말았다. 거센 모래폭풍과 마지막 숨이 넘어갈 때의 떨리는 손가락만 자꾸 그려졌다. 마음은 더 서글퍼졌고 두고 온 여자친구가 보고 싶어 견딜 수가 없었다. 배는 평온해졌는데 나만 뒤죽박죽 뒤엉켜버린 것이다. 두 시간 뒤 취한 채 여자친구에게 편지를 썼다. 결혼해달라는 내용이었다.

3

현실에서 예상하지 못한 일이란 그런 것이다. 그런 정도여야 했다. 동화에서도 나무꾼은 선녀와 이별하고 아이는 산삼을 빼앗기며 어부는 지저분한 곳으로 돌아오고 만다. 이것이 인생 아니겠는가 하는 해석과 함께.

그런데 나에게 찾아온 이 느닷없는 상황은 도대체 어떻게 설명해야 할지 모르겠다. 그럴 수밖에 없다. 당장 이 이야기를 쓰고 있는 것부터가 이상한 짓 아닌가. 정확하게는 한 아이를 만난 일이지만, 그리고 사막으로 간 밀항자와 그 아이 사이에 어떤 연결고리가 있을 리도 없지만, 자꾸 떠오르는 바람에 있는 그대로 말하는 것조차도 쉽지 않다. 이제 본격적으로 이야기하려니 가슴이 다 뛴다. 눈물도 날 것 같다. 잠시 바닷가를 걸어다니고 싶다.

하지만 알고 있다. 지금 나간다면 아이와 함께 있었던 몇몇 장소를 만나게 된다. 그러면 계속 이야기를 하지 못하고 그 자리에 멍하니 앉아 있기만 할 것이다. 엉엉 울지도 모른다. 그러니 그냥 이어가겠다.

새벽 다섯시가 넘은 시간, 나는 작은 목선을 타고서 등대 벼랑에서 삼백 미터 정도 떨어진 곳에서 장어 낚시를 하고 있었다. 물때는 나쁘지 않았으나 여섯 시간째 입질을 받지 못하고 있었다. 뱃전에 출렁거리는 잔물결 소리, 희미한 갑판등 불빛, 그 불빛이 어른거리는 수면, 별이 떠 있는 밤하늘과 한쪽엔 약간의 구름. 그 외에는 수천만 년 첩첩 이어져온 깊은 적막뿐이었다. 그리고 지나가는 혼령처럼 밤하늘을 가로로 베는 등대 불빛이 가까이 오면 모든 것들은 순간 사라졌다가 다시 나타나곤 했다.

밤낚시란 지루한 행위다. 사람들은 이해하기 어려울 것이다. 아름다운 별들과 별빛을 반사하며 출렁이는 바다, 허공을 지나가는 등대 불빛이 아름답다고 생각할 테니까. 물론 아름답다. 그렇지만 그런 것은 날마다 그 자리에 있다. 우리는 돌아보면 늘 있는 것에게는 아름답다는 말을 하지 않는다.

바다 위에 혼자 오래 있다보면 그 지루함은 외로움을 지나 고독의 영역으로 스며들다가 끝내 모든 것이 생겨나기 직전의 지경까지 가게 된다. 연못에 빠졌을 때처럼 어딘가로 빨려들어갈 것 같은 기분도 든다. 그래서 반발하듯 많은 것을 떠올린다. 저절로 그렇게 된다. 내가 하는 것이라기보다는 기억이 알아서 찾아온다. 적막 속에 숨어 있다가 갑자기 엄습하는 날벌레처럼.

그렇게 찾아오는 기억과 당장의 상황은 연관이 없어 보인다. 이것도 중학교 때 기억이다. 담임 지시로 손걸레를 만들어 갔었는데 보름 뒤 그것이 소각장에서 타고 있는 것을 발견했다. 팔이나 다리가 하나 떨어져나간 것 같은 기분이었다. 걸레 하나 불탄 것 가지고 이별 당한 사람처럼 우울해하는 게 스스로도 설명이 되지 않아서 아무래도 비정상 아닌가 혼자 고민했었다. 어쨌든 그것과 장어 낚시가 무슨 연관이 있겠는가.

국립해양대학 면접을 치르던 날도 그렇다. 먼 친척 집에서 눈칫잠을 자다가 늦게 일어난 탓에 택시를 탔는데 정치와 연관된 교육행정 문제로 기사 혼자 흥분을 하더니 추돌사고를 일으키고 말았다. 트럭 뒷부분 아래로 보닛이 끼어버린 것이다. 그는 트럭 기사와 말싸움을 시작했고 나는 못 본 척 내려 다른 택시로 갈아탔다. 덕분에 택시비가 적게 들었다. 그런데 그 교통사고와 장어 낚시가 어떤 연관이 있는지도 알 수 없다. 택시 기사는 얼마만큼 손해를 보았을까, 모른 척 뛰어가던 고삼짜리가 얄미웠겠지, 지금은 죽었을까.

다른 생각도 한다. 갯바위에는 수많은 패류들이 달라붙어 있다. 고둥과 삿갓조개, 홍합, 거북손 같은 것들. 바위 하나만도 그것들

숫자를 세는 게 불가능할 정도다. 그렇게 많은 애들이 한 놈도 빠짐없이 더듬이를 내밀며 살아내려고 애를 쓴다. 이 생명체들은 무엇 때문에 이렇게 많이들 생겨났을까. 세상에 있어야 할 이유는 무엇일까. 우리가 삶아먹어버리면 자그마한 단백질 덩어리 이상의 의미는 있는 것일까.

이런 생각이라도 하지 않으면 슬픈 마음이 찾아와버린다. 우리는 대대로 열심히 진화해왔는데 왜 수많은 질병이 붙어 있는 것일까. 비슷하게 살았는데도 왜 누구는 뇌경색이나 암 같은 게 생겨나고 누구는 안 생기는 걸까. 그러면 울적해져서 낚시하고 싶은 마음마저 사라져버린다. 그래서 엉뚱한 생각을 하는 것이다. 지루한 시간 동안 아무 생각 없이 멍청하게 앉아 있기는 더욱 힘드니까.

그만 들어갈까, 를 세번째 할 때였다. 집에 가서 씻고 나면 여섯시, 곧바로 잠들 수 있겠지, 하던 참에 눈길을 끄는 게 있었다. 서쪽 하늘에서 아주 자그마한 은색 점이 제법 빠른 속도로 낮게 움직인 것이다.

나는 기상의 흐름을 읽어내는 데 익숙한 사람이다. 오랫동안 배를 탔으니까. 실습항해사에서 삼등항해사가 되고 삼 년 뒤 이등항해사가 되었으며 오 년 뒤에는 일등항해사, 그리고 팔 년 뒤 실습선장을 거쳐 선장이 되었다.

삼등항해사 시절부터 은퇴하기 직전까지 가장 많이 했던 짓은 선교에서 바다와 허공을 바라보는 거였다. 항해일지와 보고서를 쓰고 도착할 항구의 에이전시에 전문을 보내고 해도와 레이더, 자동항법장치 같은 항해계기를 들여다보는 것 모두가 항해 파트의 일이지만 실제로는 선수 정면과 좌우를 살피는 시간이 가장 길었다. 그게 일 자체라고 해도 무방했다.

항해 지역의 기상정보는 날마다 팩스로 받아본다. 그중 첫번째 정보가 바람에 관한 것이다. 바다에서 가장 큰 변수가 바람이다. 이를테면 정서쪽으로 가야 하는데 남풍이 분다면 진행 각도를 조금 남쪽으로 맞춰놓아야 한다. 진행 방향과 바람 방향의 힘이 맞아떨어지는 각도를 찾아서. 파도를 만드는 것도 바람이다. 파도는 바닷물이 오는 게 아니고 바람에 의해 에너지가 이동하는 현상이다.

하지만 마지막 판단은 현장에서 기상 상태를 직접 보고 내린다. 삼등항해사 시절 태풍을 만나버린 경우처럼 기상도가 틀릴 때도 있으니까. 특히 돌풍은 기상도에 나오지 않는다. 그러다보니 뜻밖의 현상을 본 적도 있다. 은색의 반짝이는 물체가 엄청난 속도로 날아가는 모습을 본 것은 벌크선을 몰고 호주로 가는 도중이었다. 그것은 순식간에 사라졌다.

새벽에 거대한 삼각형 비행체를 본 것은 파나마운하를 빠져나와 플로리다로 가기 위해 카리브해를 지날 때였다. 그것도 매우 빠른 속도로 배를 앞질러 맞은편 하늘로 사라졌다. 흔히 보는 전투기나 폭격기와는 완전히 달랐다. 민간 항공기는 더더욱 아니었다. 저게 UFO인 모양이군. 나는 혼잣말을 하면서 이렇게 생각했다. 저 속도로 배달을 하면 정말 좋겠는걸.

이번에 본 것은 그런 것과는 사뭇 다를 정도로 작았다. 등대 빛은 두 갈래로 나온다. 하나가 이쪽을 향하면 다른 하나는 반대쪽을 비춘다. 일정한 속도로 삼백육십 도 도는 것이다. 그것은 반대쪽 불빛을 받아 순간 은색으로 빛났고 어둠 속에서는 거의 보이지 않았다. 특이한 점은 독립적으로 움직였다는 것이다. 한 곳에만 바람이 부는 것처럼 말이다.

은색 점이 눈에 들어온 것은 두 번이었다. 시간으로는 이 초 남짓. 그리고 사라져버렸다. 그게 무언지 고민할 필요는 없었다. 고민한다고 모두 알 수 없는데다 이제는 선장도 아니니까. 그래서 떨어지는 별똥별 보듯 무심하게 바라보다 만 것이다. 밤낚시 하다 보면 바닷물의 흐름, 야광충, 갑자기 나타난 날벌레 같은 사소한 것들도 예민하게 눈에 들어오기 마련이니 단지 그런 정도일 것이라는 생각이었다.

그날 점심 무렵 마당에 앉아 낚싯대를 닦고 있었다. 낚시 다니는 사람은 잘 알겠지만 낚싯대는 민물로 씻어내고 응달에서 말려야 한다. 그래야 상하지 않는다.

"그건 뭐야?"

마당과 바닷가 길을 가로지르고 있는 야트막한 돌담 위로 아이의 얼굴이 보였다. 나는 대답하지 않았다. 두어 달 전 네댓 명의 아이들이 창문 안을 기웃거리고는 자기들끼리 쑥덕댄 적이 있었다. 오랫동안 비어 있던 집에 낯선 남자가 들어와 살고 있으니 호기심이 발동한 것으로 애들은 그 짓을 탐험이라고 불렀다. 그애들 중 하나려니 했던 것이다. 아이들은 여차하면 심심해지는 족속들이다. 그러니 이따위로 말을 걸지.

"이놈아, 그냥 인사를 해. 섬놈이 낚싯대가 뭐냐고 물어본다는 게 말이 되니."

그렇게 중얼거리며 하던 짓을 내처 이어갔는데 더이상 인기척이 없는 게 이상해서 고개를 들어보자 그때까지 돌담에 얼굴을 얹어놓은 채 대답을 기다리고 있는 눈치였다. 햇살이 얼굴을 하얗게 만들고 있었다. 나는 허 참, 하는 심정으로 대꾸해주었다.

"낚싯대잖아. 몰라?"

그러면서 요즘 애들은 확실히 다르군, 텔레비전이나 인터넷 때문에 낚시에 관심이 없는 모양이야, 생각했다. 아이는 포기하지 않았다.

"낚싯대가 뭔데?"

'어쭈, 이놈 봐라…… 그렇다면 원하는 대로 해주마, 심심하기는 어차피 나도 마찬가지니까.'

나는 퉁명스레 대답해주었다.

"물고기 잡는 거다, 왜?"

"물고기는 또 뭔데?"

아이는 같은 톤으로 계속 물어왔다. 이번에는 대답이 쉽지 않았다. 장난이 도를 넘고 있는데다 정말 몰라서 묻는 거라 하더라도 흔한 것에 대해 갑자기 물어오면 대답하기 어려운 법이다. 공기가 뭐죠? 손이 도대체 무어죠? 그런 질문처럼.

"물고기에 대해 가르쳐줘. 궁금해."

아이는 아예 돌담을 돌아 걸어들어왔다. 작은 키, 호리호리한 몸매, 금빛 머리카락에 셔츠를 입고 있었는데 색다른 머리색 외에는 크게 눈에 띌 만한 모습은 아니었다. 너는 어른한테는 높임말을 써야 한다는 것도 모르니? 야단을 칠까 말까, 나는 머뭇거렸다.

"물고기를 가지고 있어?"

"아니. 지금은 없다."

"없다고?"

"응."

"낚싯대가 있는데 물고기는 왜 없는 거야?"

"어제 한 마리도 낚지 못했거든."

"낚는다는 것은 또 뭔데?"

"바다에서 잡아올리는 것을 그렇게 말하지."

"이게 바다 맞아?"

그는 손가락으로 바다를 가리켰다. 나는 허탈하게 웃고 말았다. 아이가 대책 없는 바보거나 어른을 가지고 노는 데 완벽하게 성공하고 있거나 둘 중 하나는 분명했다.

"흐흐, 그럼 그게 바다지 뭐겠니."

"나도 그럴 거라고 생각했어."

아이는 아주 태연하게 혼잣말처럼 대꾸했다.

"사막과는 정말 달라."

진짜 모르나? 러시아의 툰드라나 몽골 초원 또는 사막에 사는 사람들은 바다를 한 번도 못 보고 죽는다고들 한다. 어떤 부족은 2차세계대전이 일어났었는 줄도 전혀 모른 채 살아왔다고 전해진다. 그렇다면 그런 곳에 사는 한 아이가 우연히 이곳으로 여행을 왔다는 소리다. 근데 이상하다. 육지에서 이 섬으로 오려면 최소한 두 시간 넘게 배를 타야 하니까 바다는 이미 봤던 게 된다. 아니, 배에서 잠들었다가 도착한 다음 깨어났고 곧바로 걸어왔다면 아직 바다가 낯선 대상이겠지. 낚싯대도 처음 봤을 테고. 그래서 물어보고 있는 거겠지…… 그런 궁리를 하다가 그만두었다. 도대체 왜 이런 고민을 해야 하는 거지 싶었으니까.

아이는 내 혼란스러움 따위는 아랑곳하지 않고 제멋대로 말을 이어갔다.

"바다에 대해서 들은 적은 있지만 한 번도 본 적이 없었어. 굉장해. 깊이도 깊을까?"

"깊은 곳은 가장 높은 산보다도 깊어."

"왜? 왜 그렇게나 깊어?"

그는 맑은 눈을 반짝였다. 짧은 순간 나는 생각했다. 바보라서 눈이 맑은 걸 거야, 고민할 필요가 없으니까.

"미안하지만 모르겠다."

물론 맨틀과 지각운동에 관해 어느 정도는 설명할 수 있었다. 그러나 시간이 제법 걸리는 내용이었다. 나는 낚싯대를 접은 다음 돌담 응달에 세웠다.

"괜찮아. 어른이라고 해서 다 알고 있는 것은 아니니까."

어이없다는 표현을 이럴 때 쓸 것이다. 이상한 머리카락을 한 아이가 느닷없이 나타나서 물고기와 바다에 대해 물어오고 얼떨결에 대답을 하고 있는 상황. 더군다나 저를 바보로 짐작하고 있는데 저는 되레 나를 바보 취급하고 있는 게 아닌가. 나는 포도씨를 툭, 뱉어내듯 대답했다.

"참 나, 그래 고맙다."

"그래도 물고기는 궁금해. 그려줄 수 있어?"

"그려달라고?"

"응."

특이하게도 아이의 침착함은 전혀 흐트러지지가 않았다.

"물고기를 그려주면 내가 볼 수 있잖아."

"......"

"이렇게 말이야."

그는 호주머니에서 뭔가를 꺼냈다. 오래되어 변색된, 두 번 접어 작은 네모가 되어 있는 종이였다. 그것을 펴자 거기에는 적당한 간격을 두고 세 개의 동그란 구멍이 뚫린 상자 하나가 그려져 있었다.

그 단순한 그림은 강렬한 기시감을 던져주었다. 언젠가 봤던 것. 한번 본 정도가 아니라 잘 알고 있다고 말해도 되는 그런 것. 그렇지만 언제 어디에서 봤는지는 쉽게 떠오르지 않았다. 이젠 오십대 중반의 두뇌를 달고 있으니까. 싸늘한 기운이 피부를 감쌌고, 왜 그래야 하는지 이유도 모르면서 나는 거실로 달려가 종이를 가져온 다음 물고기를 그렸다.

내 손이 떨리는 것을 내 눈이 내려다보았다. 손은 나와는 상관없는, 병든 생물체 같았다. 독립된 도구 같기도 했다. 그러니 쉽게 되지 않았다. 길쭉한 타원형 두 개를 하나는 크게 하나는 아주 작게 그리고는 큰 쪽 시작 부분에 눈을, 몸통에는 파도 모양의 비늘을 만든 다음 등지느러미를 그려넣었는데 물고기라기보다는 바퀴에 깔린 붕어빵 같은 게 되어버린 것이다.

"이게 물고기라는 거야?"

나는 일 처리를 제대로 하지 못해 꾸중 듣는 하인처럼 불안한 자세로 그렇다고 대답했다. 차분한 아이와 잔뜩 긴장한 어른. 정말이지 어색한 장면이었다.

"죽어 있는 것 같은데?"

"그럴지도 모르지."

"살아 있는 모습으로 그려줘."

나는 자신이 없어서 급하게 고개를 저었다. 그리고 떨리는 목소리로 반사작용처럼 반문하고 말았다.

"그런데 이 그림을…… 여태껏 가지고 있니?"

"그럼, 이것을 왜 버려? 이 안에 양이 있는데."

그 충격을 어떻게 말할까. 세상의 어떤 언어로도 표현 못할 것이다. 놀랍다, 희한하다, 기막히다, 경악스럽다, 충격을 받았다, 미칠 노릇이다, 돌아버리겠다, 이런 말을 연달아 붙여도, 그것을 일곱 번 곱하기 일곱 번 되풀이한다고 해도 부족하고 어울리지도 않았다. 억지로라도 해보라면 심장이 멎어서 죽을 뻔했다, 가 될 것이다. 진짜 그랬으니까.

그것은 그 그림 아닌가. 갑자기 나타나서 양을 그려달라고 떼를 쓰는 아이에게 생텍쥐페리가 그려준 것 말이다. 그래서 바다를 두고 사막과는 다르다고 한 것일까.

나는 얼이 빠진 상태로 아이를 바라보았다. 여전히 머리카락은 금빛으로 빛나고 있었다. 눈동자는 잘 닦아놓은 수정처럼 맑고 코는 오뚝하고 입술은 여리게 붉었다. 얼굴은 반투명에 가깝게 창백했다. 그리고 가늘고 긴 손가락, 부츠 같은 신발.

그 모습도 나를 빤히 바라보았다.

"왜 그래?"

심장이 얼마나 빨리 뛰던지 쇼크가 올 것만 같았다. 밀항자가 칼을 꺼냈을 때보다 삼백오십 배는 더 심하게 뛰었을 것이다. 고생만 하는 내 심장. 그대로 더 있다가는 쓰러져버릴 것 같아서 나는 발악을 하는 심정으로, 혼신의 힘을 모아 입을 열었다.

"너의 별에는 바다가 없지?"

이 질문은 탈출구이자 반격이며, 내가 생각하는 그 인물이 맞는지 아닌지를 명쾌하게 밝혀줄 실마리를 담고 있었다. 상식적인 상황이라면 '그게 무슨 소리예요?'라거나 '나에게 무슨 별이 있겠어요' 같은 대답이 나와야 했다. 하지만 그런 것을 따져볼 여유도 없이 그에게서는 이렇게나 짧고 분명한 대답이 튀어나왔다.

"없어."

"……"

"내 별은 작았으니까."

내 머릿속은 아예 하얗게 비어버렸다. 어디 그뿐인가. 번개에 맞은 듯 머리카락이 곤두서며 전신에 소름이 돋았다. 이게 감전이라면 최소 삼십만 볼트일 것이다. 바이러스 감염이라면 즉사다. 이런 변괴가? 아니, 변괴는 아니지. 아니, 변괴긴 하지. 그런데 변괴는 나쁜 거잖아. 아, 아무튼, 제기랄, 무슨 일이 벌어진 것만은 분명하다. 그러니까 어린 왕자가, 세상에 그 아이가 내 앞에 나타났다는 말인가? ……오, 맙소사.

'아, 아냐, 아냐. 정말이지 이건 아니지. 이럴 수는 없는 거지.'

충격받은 사람이 흔히 그러듯 상황을 무시해버리고 싶은 마음이 들어서 고개를 옆으로 돌리며 나는 피식 웃었다. 몇 번 웃고 나서 원상태로 되돌렸는데 아이는 쓸쓸한 얼굴로 또 이렇게 말하는 거였다.

"내 별은 정말 작았으니까."

도망이라도 치고 싶은 심정으로 주변을 둘러보았으나 모든 게 그대로였다. 햇살 찰랑이는 수면, 멀리 지나가는 어선, 살랑바람에 흔들리는 보리장나무 잎이 어제와 같았다. 낚싯대와 릴이 햇살에 반짝이는 것도 여느 때와 다르지 않았다. 낚싯대 닦던 수건의 접힌 각도까지도.

나는 일부러 긴 숨을 내쉬었다. 그러지 않았다면 죽어버렸을 것이다. 정도가 얼마나 심했던지 또 한번 임사체험이 찾아왔다 해도 틀린 말이 아니었다. 살아보려는 본능이 작동하여 담 바깥으로 걸어나갔고 조금 전 아이가 그랬듯 담벼락에서 고개를 내밀며 들여다보았다. 아이는 영문을 모르겠다는 얼굴이었다.

"허."

나는 탄식하며 흰구름 떠가는 하늘을 바라보다가, 몸 돌려 갈매기 날아가는 것도 쳐다보다가, 생각났다는 듯 뺨도 두들겨보았다. 그런 얼빠진 짓을 하는 동안 든 생각은 지금 꿈을 꾸고 있거나, 어젯밤에 죽어버려서 혼령이 되었거나, 알 수 없는 원인으로 SF물에나 나오는 시공간의 틈바구니라는 곳에 끼어버린 것은 아닐까, 하는 거였다. 하지만 어떤 추측을 해봐도 답을 찾지는 못했다.

그래서 진정한 바보처럼, 헐떡거리는 가슴에 두 다리는 비칠거리는 상태로 조금 걸어간 다음 동백나무 가지 사이로 다시 한번 돌아다보았는데 아이는 여전히 없어지지 않고 있었다. 움직임을 따라 천천히 고개를 돌리며 싱긋 웃기까지 했다. 잡티 하나 없이 맑고 천진스러운 웃음이었다. 그러니 목에 기계톱을 들이댄다 하더라도 이 아이가 소행성 B612호에서 온 어린 왕자가 아니라고는 도저히 말할 수 없었다.

그때 반짝 떠오르는 게 있었다. 이거 혹시 몰래카메라 같은 거 아닐까, 하는 짐작. 그럴 만했다. 그래야 그나마 말이 되니까. 나는 어렸을 때 생텍쥐페리의 『어린 왕자』를 아주 재미있게 읽었고 항해사 시절까지 그 책을 가지고 다녔었다. 지중해에서 꺼낸 책이 그거였다. 그동안 밤하늘 별을 자주 바라보았던 것도 항해사라서 그렇기도 했지만 그 책이 원인이었다고 해도 과언이 아니다.

그러니 예쁘장하게 생긴 아이 하나를 섭외해서 머리카락 물들인 다음 나타나게 했다는 추측이 가능하다. 놀래주려고 말이다. 정신이 겨자씨만큼은 회복된 모양이었다. 그렇다면 어딘가 카메라가 숨겨져 있을 거라서 이곳저곳을 들쑤시며 살펴보기 시작했다. 하지만 몰래카메라라면 누가, 왜, 무엇 때문에 이런 짓을 벌인 것일까, 라는 의문 또한 자연스럽게 생겨났다.

무엇보다도 나는 유명한 사람이 아니었다. 멋지지도 잘생기지도 않았다. 화물선 선장이었지만 선원들에게나 별다른 존재이지

다른 사람에게는 그냥 나이든 아저씨일 뿐이다. 더욱이 은퇴를 한 뒤이다. 퇴직 선장은 소대원이 한 명도 없는 소대장이나 학생 하나 없는 학교 교장보다 못하다.

굳이 따져보면 해운회사 소식지에 나온 적은 있다. 부산항에 입항했을 때 대행사 직원이 와서 나이와 가족관계, 승선 경력, 직무에 임하는 자세 따위의 빤한 질문을 하고 대답을 받아 적은, 선교 근무 사진을 포함해 두 페이지짜리 인터뷰였다. 그나마 선박마다 돌아가면서 한 번씩 하는 거였다.

하나 더 있기는 하다. 갓 선장 되었을 때 공영 방송국 해양 다큐멘터리에 잠깐 나온 것으로 본 사람이 몇 명 있기는 했으나 해운산업에 대한 홍보성 대사를 읊은 거라서 입에 올리기도 민망할 정도다. 그 정도 가지고 유명 인사라면 우리나라 사람들 대부분이 유명 인사가 될 게 분명하다.

나는 의기소침해졌지만 따로 갈 곳이 있는 것도 아니어서 되돌아갈 수밖에 없었다. 그는 그 자리에 그대로 서 있었다.

"너의 작은 별 이름이 B612 맞지?"

"내 별을 알아?"

"응."

"내 별을 알고 있다니 신기한데."

그러면서 낚싯대로 관심을 되돌렸다.

"이것으로 이 물고기를 잡는다는 거야?"

나는 아주 어려운 면접을 치르듯 고개를 끄덕였다.

"처음 여행을 시작해서 여섯번째 별에 갔을 때 지리학자에게 바다에 대해 물은 적이 있어. 그는 잘 모른다고 했어."

"……"

"난 정말 바다를 보고 싶었어."

낮게 가라앉은 목소리에서는 진심이 느껴졌다. 거짓말을 하고 있다면 과장되거나 부족하거나 어정쩡한 구석이라도 보였을 텐데 그런 것이 전혀 없었다. 너무 자연스러워 꽃에 나비가 내려앉은 것 같고, 시냇물이 흘러가는 것 같고, 초침이 째깍째깍 돌아가는 것만 같았다.

그의 사진을 본 적은 없다. 본 것은 생텍스가 그려놓은 그림뿐이었다. 전 세계 어린이들이 사용하는 공책과 필통 같은 데에 박혀 있는 것. 아이는 그림 속의 인물과 완벽하게 닮았다고 하기는 어려웠다. 그중 가장 멋진 것은 기다란 망토, 견장처럼 어깨에 달린 별 장식, 왼손의 칼, 이렇게 성장 차림으로 비스듬히 아래를 내려보고 있는, 처음 책을 봤을 때 나를 매혹시켰던 그 그림인데, 그런 차림은 아예 불가능해 보였다. 옷을 넣어둘 가방도 안 들고 있었기 때문이다. 아마도 생텍스가 아이의 매력에 빠진 나머지 근사하게 한 벌 입혀서 그려준 것 아닐까.

"난 널 알고 있어."

약간의 시간이 흐른 덕에 나는 조금은 어른다운 모습으로 간신히 돌아올 수 있었다.

"난 아저씨를 처음 보는데?"

"그럴 거야. 넌 이 별에서 유명 인사거든."

"내가 유명하다고? 그래서 그렇게 놀란 거야?"

"그럼."

"예전에 온 적이 있기는 해. 그땐 사막에서 어떤 아저씨를 만났고."

"바로 그 사람 때문이야. 그 아저씨가 너와 만난 것을 책으로 썼거든."

생텍스는 나에게도 아저씨였다.

"지구에서 살고 있는 사람들 중에 그 책을 읽지 않은 이는 글자를 모르는 사람들뿐일 거야."

"그거 대단한데."

"대단했지. 그 책에서 넌 왕자였어…… 난 만들어낸 이야기인 줄 알았지 뭐니."

"맞아. 아저씨가 나를 그렇게 불렀어."

"원래 왕자가 아니고?"

"그럴 리 없잖아. 왜 왕자라 불렀는지 모르겠어."

물론 그 책에는 어린 왕자의 족보에 관해서는 전혀 나오지 않는다.

"생 아저씨가 그렇게 썼어. 그래서 우리는 너를 왕자라 불러.

음…… 왕의 아들만큼이나 귀중하다는 뜻으로 썼겠지."

"왜 한 단어에 두 가지 뜻이 있어?"

"음…… 친한 사람을 훌륭한 것에 가져다붙이고 싶은 마음 때문이겠지."

"그러면 그렇게 돼?"

역시나 그는 궁금하면 못 참는 성미였다.

"음…… 그렇다고 여기는 거지."

별로 중요하지는 않겠지만 살짝 고백하자면 선장의 최고 금기어는 '음……'이다. 선장은 모든 상황에 대한 대처법이 완벽하게 준비되어 있어야 하기 때문이다. 어떤 경우에도 흔들리면 안 된다. 음, 소리가 나오려고 해도 이를 악물고 참아야 한다. 그 소리가 나와버리면 잘 모른다는 것을 선원들이 눈치채버린다. 대신 입을 다물고 있으면 위기를 벗어날 수 있는 끝내주는 방법을 알고 있는 것으로 보인다. 난 그런 게 몸에 배어 있다. 그런데 멍청하게도 아까부터 계속 음, 소리를 내고 있었던 것이다.

"그 아저씨, 참 좋은 사람이었어."

"그래. 만난 적은 없지만 나도 정말 그렇게 생각해."

사실이다. 나는 그를 좋아했다. 『어린 왕자』 외에도 『야간비행』 『인간의 대지』 같은 책을 오랫동안 가지고 있었다는 게 증거다. 지금은 딸애가 살고 있는 아파트에 처박아둔 짐짝 어딘가에 박혀 있겠지만 말이다.

내려오는 말에 따르면 에어프랑스 소속이던 생텍스는 1935년 12월 31일 파리에서 사이공까지의 비행 기록을 세우기 위해 코드롱 시문Caudron Simoun 기를 타고 이집트로 출발했으나 카이로에서 이백 킬로미터 떨어진 리비아사막에 불시착해 천신만고 끝에 살아 돌아왔고 칠 년 뒤인 1942년 『어린 왕자』를 집필하기 시작했다고 한다.

"음, 네가 생 아저씨를 만난 것은 약 팔십 년 전이야. 지구의 시간으로."

지구의 나이로 따져보면 최소한 아흔 살이다. 할아버지란 소리다. 하지만 누가 이 아이를 노인이라고 하겠는가.

여기서 잠깐 그의 외형에 대해 덧붙이자면 이렇다. 그림에서 어린 왕자는 십여 세 정도로 보인다. 열한 살이나 열두 살. 더 어리게 봐도 된다. 팔십 년이 지난 지금 아이는, 순전히 내 판단이지만, 그대로인 듯도 하고 아주 조금은 큰 듯도 했다. 자신할 수는 없었다. 우리와는 다른 존재라 이러저러한 게 분명하지 않거니와 그런 물리적인 기준으로는 측정이 아예 불가능하다고 하는 게 더 옳다. 확실한 것은 여전히 맑고 어리고 순수한, 그저 아이 자체로만 보인다는 것이었다.

"아저씨는 고장난 비행기를 고치기 위해 애를 쓰고 있었어."

그는 나를 바라보았다. 눈이 너무 맑아 마른침을 연거푸 삼켜야 했다.

"아저씨는 지금 어디에 있어?"

"생 아저씨는,"

나는 잠시 뜸을 들였다.

"죽었어."

"죽었다고?"

아이는 깜짝 놀랐다.

"응."

"정말로?"

"정말이야."

"그랬구나…… 마음이 아프지만 시간이 많이 흘렀으니 어쩔 수 없는 거겠지."

"그게 아니야."

"아니면 뭐야?"

이것도 기록을 봐야 한다. 기록은 이렇다. 1944년 7월 31일 아침 8시 30분, 정찰 임무를 띠고 이륙했으나 도착 예정 시각인 13시 30분 귀환하지 않았음.

"비행기를 타고 나가서 돌아오지 않았다는 소리야."

"사막에서 본 비행기?"

"그것은 아닐 거야. 정찰기를 탔다고 했으니까."

"그것을 타고 어디로 갔는데?"

"사람들은 너를 찾아갔을 거라고 말했어."

"나를?"

"응. 우주 너머로."

"나한테 오지 않았어. 그때부터 나는 혼자였는걸."

4

상황이 이렇게 된 건 일단은 내가 『어린 왕자』를 읽었기 때문일 것이다. 그 책을 읽지 않았다면, 그에 대해 전혀 몰랐다면 이렇게 놀랄 일이 뭐가 있겠는가. 그저 정신 나간 아이로 치부하고 말았겠지. 낚싯배를 하는 후배나 연못에서 나를 건져준 소년의 어머니와 같았을 것이다. 무시하는 것은 아니지만 그들이 그 책을 읽었을 가능성은 거의 없어 보였다.

그때 그 자리에서 낚싯대를 닦고 있지 않았다면 아이는 그들과 만났을 가능성이 있다. 그렇게 생각하니 등골이 오싹해진다. 후배나 노파가 아니라 해도, 주민들 중 누구라도 육지에서 우연히 흘러들어온 정신병자 소년으로 취급했을 테니까. 예전부터 섬에는 그런 사람이 한 명씩 들어오곤 했으니까.

그들은 어디서 왔느냐고 물을 것이고 B612를 아파트 호수로 알아들을 것이다. '너네 엄마 아빠는 뭐하시니?' 같은 질문에는 답도 듣지 못할 것이다. 거기에다 입만 열었다 하면 반말지거리이니 기분도 나쁠 것이다. 그러니 경찰에 넘겨버릴 게 분명하다.

경찰 또한 곤란해지지 않겠는가. 우주와 별, 기침하는 꽃, 날마다 쑤셔주어야 하는 화산, 바오밥나무 이야기에 체머리를 흔들다가 '심각한 망상 장애로 보여 신경정신과 전문의와의 상담이 요구된다'는 의견서와 함께 육지의 시설로 보낼 것이 분명하다. 정신병동에 갇힌 어린 왕자. 생각만 해봐도 끔찍하다.

경찰 중에 그 책을 읽은 사람도 충분히 있을 수 있다. 하지만 그들은 어린 왕자가 실제 존재할 수 있다는 가능성보다는 공문 처리가 더 중요한 사람들이다. 설사 사실로 받아들인다 하더라도 답답한 관료 조직 상관들을 어떻게 설득할 수 있겠는가. 2인 1조로 묶여 같이 병동에 갇힐 확률이 훨씬 더 높다.

이렇게 따져보니 그가 나를 만난 게 다행일 수도 있겠다. 조금 전 지구에서 글자를 읽을 줄 아는 사람들 대부분은 그 책을 읽었을 거라고 썼지만 자신이 없다. 요즘은 그 책을 잘 안 읽을 것 같다. 마음속에 별을 달아둘 공간이 점점 더 없어지고 있으니 말이다.

어쨌든 행운으로 치면 내 쪽이 훨씬 컸다. 일찍 그 책을 읽고 오랫동안 어린 왕자를 생각하며 살았으니까. 그 시작을 이야기하려면 잠시 먼 과거로 돌아가야 한다. 그리고 그것은 내가 뱃사람으로 평생 살게 된 이유와 상당 부분 연관이 있다.

내겐 할아버지가 있었다. 할머니는 나 태어나기 전에 죽었다. 초등학교 사학년 때 할아버지는 늙고 병든 상태로 여러 달을 누워 지냈었다. 잠을 자면서도 기침을 얼마나 강렬하게 하던지 할아버지 입에서 또다른 할아버지가 튀어나올 것만 같았고 그 때문에 어머니와 나는 몇 번씩 깨곤 했다. 아침에도 그 소리에 눈을 떴다.

최고의 고욕은 종지에 뱉어놓은 가래침을 아침저녁으로 씻어내는 거였다. 누리끼리하게 덩어리진 그것은 입안에 달라붙은 갱엿보다 더 끈적거렸기에 바닷가로 달려가 모래로 박박 씻어내야 했고 그럴 때마다 헛구역질이 나왔다.

그 당시 섬마을 성인 남자들은 세 부류 정도로 구분됐다. 첫번째는 외국파다. 원양어선 또는 외항선을 타거나 사우디아라비아 같은 중동의 건설 현장으로 일하러 간 이들이다. 자식들 입장에서는 가장 좋은 경우였다. 얻어맞을 일이 없는데다 선물까지 생기니까. 소니 라디오, 세이코 손목시계 같은 거 말이다. 또하나는 집에 있으면서 뱃일을 열심히 하는 성실파들이다. 어느 집단에나 근면 성실한 이들이 있기 마련이다. 이 경우는 부인들이 좋아했다. 마지막 하나가 날마다 모여 노름하는 패거리였다. 외국 갈 생각도 없고 바다도 잘 안 나가는 그들은 아무도 좋아해주지 않았기에 자기들끼리 좋아했다.

아버지는 어디에도 속하지 않았다. 특이한 경우였지만 반대로 보면 두루 조금씩 속해 있다는 뜻이기도 했다. 먼저, 집에 자주 없었다. 한두 달씩 보이지 않곤 했는데 어머니가 별다른 말을 하지 않았으므로 어렸던 나는 외국에 나갔을 거라고 막연히 생각했다. 하지만 그저 육지를 떠돌아다녔던 것에 불과했다. 귀가할 때 선물은 물론 돈도 가지고 오지 않았으니까.

그렇게 돌아오면 한동안 남의 배 선원으로 조업을 나가기도 하고 밭일도 했다. 나무하는 것도 잊지 않았다. 어머니 얼굴이 편안해지는 시기였다. 그런가 하면 어느 때는 노름패들과 어울렸다. 노름할 때도 집에 없기는 마찬가지였지만 그래도 마을 안에는 있는 셈이었다. 그는 화투보다는 마작을 좋아했다. 마작은 화투와 달리 한번 시작하면 이삼 일 이어지는 게 보통이었다.

그날도 아버지는 경심이네 사랑방에서 이틀째 마작중이었다. 오전 열시에 할아버지는 또다시 격렬하게 기침을 했고, 머리를 마구 흔들다가 고꾸라졌다. 고꾸라진 다음에도 쉬지 않고 손발을 떨었다. 낚아놓은 고등어 같았다. 그 모습을 보며 어머니가 말했다.

"이제 돌아가시려는 모양이다. 얼른 가서 아버지 모셔 와라."

나는 골목을 따라 내려갔다가 혜정이네 집에서 경사진 길을 타고 오른 다음 우물에서 우회전하여 그 집엘 찾아갔다. 자주 다녔으니 길이야 훤했다. 아버지를 부르며 조심히 문을 열자 불난 집처럼 담배 연기가 새어나왔다. 그는 어두침침한 골방, 안개 같은 장막 안에서 주사위 모양의 상앗빛 마작 패를 들여다보고 있었다. 마작 노름은 싫지만 마작 패는 참으로 예쁘게 생겼다고 나는 생각하곤 했다.

"할아버지가 돌아가시려고 한대요. 얼른 오시래요."

아버지는 고개도 돌리지 않고 대답했다.

"알았다."

그 말은 안 가겠다는 소리였다.

"진짜 돌아가실지도 모른대요."

"알았다니까. 먼저 가 있어."

아버지 목청이 높아졌다. 다른 세 명도 전혀 이쪽을 바라보지 않았다. 나는 가만히 서 있었다.

"이 새끼, 얼른 안 가냐!"

비로소 고개를 돌린 아버지는 험악한 얼굴로 고함을 내질렀다. 그건 정해진 수순이었다. 거기까지 해줘야 되돌아갈 수 있었다. 나는 돌아섰다. 아무리 천천히 걸어도 집에는 도착한다.

"알았대요, 먼저 가 있으래요."

"알았다는 말만 전하면 대수냐? 어이구, 애비나 새끼나."

어머니는 불같이 화를 냈다. 나는 억울했지만 욕설과 구분이 안 가는 지청구를 듣고 나면 한 시간 정도의 휴식을 얻을 수 있었다. 한 시간이라고 말한 것은 다시 다녀오라고 시켰기 때문이다. 나는 또 경심이네로 갔으며 이번에는 날아온 목침을 피한 다음 돌아왔고 어머니에게 더욱 심한 잔소리를 들어야 했다.

세번째 갈 때는 상황이 심각하기는 했다. 잠시 조용하던 할아버지가 갑자기 일어나 앉더니 나 이제 죽는다, 하면서 자신의 아들을 찾은 것이다. 친척 여자들 사이에 앉아 있던 어머니는 다시 악다구니를 썼다.

"지 애비 숨넘어가는데 염병할 놈의 인간…… 얼른 쫓아가서 멱살이라도 잡아채서 끌고 와!"

또다시 찾아간 경심이네 사랑방.

"할아버지가 이제 자기 죽는다고 아버지 찾아요."

나는 울상이 되어 있었지만 아버지는 마작 패에 거의 경배하는 수준으로 집중하고 있었다.

"진짜로 돌아가시는 중이에요."

"알았다."

무겁게 가라앉은 목소리로 봐서 아주 중요한 시점이라는 느낌이 들긴 했다.

"아버지를 찾으신다니까요."

그는 고개도 돌리지 않고 같은 톤으로 대답했다.

"조금만 기다리시라고 그래."

욕을 듣지 않고 발걸음을 돌린 게 그때가 처음이었을 것이다. 무겁게 가라앉은 목소리에는 그만큼 거역할 수 없는 힘이 있었다. 돌아오는 도중에 도랑으로 내려가서 울었다. 얼른 안 죽는 할아버지도 싫고 자기가 안 가고 심부름만 시키는 어머니도 싫고 안 오는 아버지도 싫고 왔다갔다하는 나를 멍하니 바라보는 동생들도 싫었지만 무엇보다도 나 자신이 싫었다. 분명하게 말하자면 세상에 내가 있다는 게 싫었다.

울고 나서 얼굴을 씻는데 돌 틈에 가재 한 마리가 보였다. 평소라면 잡았겠지만 그날은 집게발 꼬물거리며 뒷걸음질치는 모습을 멍하니 바라보기만 했다. 가재와 내 신세가 바뀌면 참 좋겠다는 생각만 들었다. 사실 나는 가재인데 뭔가 잘못되어 이렇게 사람 꼴을 하고 있는 게 아닐까, 여기서 조금만 기다려보면 다시 본모습으로 돌아가지 않을까, 그런 기분이 들었던 것이다. 그래서 시간이 흘렀을 것이다. 해가 조금 더 기울어졌을 것이다. 문득 겁이 났고 서둘러 도랑에서 올라오기는 했는데 그 탓에 집으로 가야 하나, 경심이네로 가야 하나, 잠시 헷갈리기까지 했다.

"왜 이리 늦게 오냐. 아버지는?"

나는 있는 그대로 대답했다.

"좀만 기다리시래요."

"뭐?"

"기다리시라고요."

어머니와 친척 여자들은 서로를 바라보며 허, 소리를 냈다. 그때 귀신 몰골로 눈을 번쩍 뜬 할아버지가 사람의 것이라고는 여겨지지 않는 기괴한 목소리로 기침을 토해내더니 나를 보며 말했다.

"나보고, 기다리라고?"

"예."

무서웠던 나는 얼른 고개를 끄덕이며 대답했다. 그는 십 초 정도 그 상태를 유지하다가 부르르 떨더니 곧바로 그쳤다. 숨이 끊어진 것이다. 타이밍을 봐서는 기다리라는 말을 듣는 순간 기다리지 않기로 마음먹은 것 같았다. 여인네들은 땅바닥을 치면서 각자 호칭대로 할아버지를 부르며 통곡하기 시작했고 한 명씩 머릿수건을 풀거나 머리핀을 빼 산발을 했다.

"얼른 뛰어가서 니 애비란 종자한테 일러줘라. 진짜로 돌아가셨다고."

어머니는 새된 소리로 뚜렷하게 말했다. 울고 있던 사람이 그렇게 분명하고 높은 목소리를 낼 수 있다는 것도 신기했다.

"얼른 가라니까, 왜 멍청하게 서 있어."

이번에는 뛰었다. 그래야 할 것 같았다. 경심이네를 다니며 가장 용기 있었던 때가 그때였다. 그 순간만큼은 아버지가 무섭지 않았다. 노름방은 여전히 담배 연기가 자욱하고, 무겁고, 진지했다.

"할아버지가 돌아가셨어요."

방 분위기가 일순 바뀌었다. 아버지 눈빛도 그랬다.

"일어서세."

누군가 말했고 사람들은 네 군데 나란히 늘어서 있는 마작 패를 손으로 쓸었다. 긴장으로 팽팽했을 승부가 그 동작 하나에 무너져

내렸다. 어쩌면 아버지가 많은 돈을 딸 수도 있었는데 할아버지가 기다려주지 않아서 허공으로 사라져버렸는지도 몰랐다.

아버지를 앞세운 그들은 표시가 날 정도로 무기력하게 걸어 우리집으로 갔다. 아무런 말도 없었다. 결국 죽어야 사람들이 움직이는구나, 생각하면서 나도 묵묵히 따라 걸었다. 어머니는 막상 남편이 오자 본 척도 않고 울음소리만 더 높였다. 말은 고모가 했다.

"아이고 아부지, 드디어 오빠 왔소. 눈 한번 떠보시오."

아버지는 머쓱한 얼굴로 할아버지 옆에 앉아서 내려다보았다. 그렇게 화를 내던 여자들이 야단을 치지 않는 것도 이상했다. 그녀들은 할아버지가 죽은 것보다 그의 아들이 마침내 도착했다는 것을 더 중요하게 생각하는 듯했다.

곧이어 염쟁이 영감(그가 앞에 없을 때는 그렇게 불렀다)이 안방으로 들어왔다. 그는 거침없이 옷을 벗겼다. 가족이 아닌 사람들은 밖으로 나갔다. 아무도 이래라저래라 하지를 않아 나는 그냥 있을 수밖에 없었다. 앙상한 가죽과 뼈마디가 보였고 하얀 털이 달린, 축 늘어진 생식기가 드러났다. 할아버지의 그것을 본 것은 그때가 처음이자 마지막이었지만 또 보고 싶은 마음은 들지 않았다.

염쟁이 영감은 탈지면 한 장을 꽉 누른 다음 다리를 들어올리고서 항문에 쑤셔박았고 뒤이어 몇 장을 한꺼번에 입에 채워넣었다. 그리고 수건에 소주를 묻혀 몸을 벅벅 닦았다. 살아 있을 때는 어느 누구도 그러지 못했다. 할아버지는 신음소리도 내지 않고 손길

따라 뻣뻣하게 흔들리기만 했다. 흑흑, 소리를 내는 아버지 눈에서 눈물이 나오지 않는 것과 비슷했다.

그뒤는 일사천리였다. 마당에는 차일을 치고 안방에는 병풍을 세웠다. 상주가 상복을 입자 아낙들이 모여들어 음식을 만들기 시작했다. 동생들은 어딘가로 보내진 뒤였다. 차일 귀퉁이에서 노름꾼들은 다시 화투를 치기 시작했다. 아버지는 간혹 그 자리에 가기는 했지만 끼지는 않았다.

상여가 나가고 무덤이 생기기까지 사흘 동안 나는 횟수를 헤아리기 힘들 만큼 절을 했다. 할아버지는 할머니 옆에 묻혔다. 초상을 치르는 내내 아버지와 어머니는 한 번도 얼굴을 붉히지 않았기 때문에 서로를 용서한 듯 보였다. 그러나 아니었다.

무덤이 생기고 난 다음날 밤, 두 사람은 아주 심하게 싸웠다. 어른들은 기분 나쁜 감정은 절대 잊지 않는다는 것을 그때 알았다. 아버지는 아버지대로, 어머니는 어머니대로 할말을 잊어버리지도, 잃어버리지도 않았던 것이다.

사람이 어떻게 그럴 수 있는가, 입 닥쳐라, 그러니 인간 말종 소리를 듣는다, 어떤 새끼가 그러더냐 때려죽여버리겠다, 그런 말들을 밤 깊은 시간까지 벽 하나를 사이에 두고 고스란히 들어야 했다. 더한 말도 했지만 굳이 여기에 옮기지 않을 생각이다. 떠올리기 싫으니까. 두 동생은 멍청하게 나를 바라보다가 울음을 터뜨렸고 차례대로 잠이 들었다.

둘의 관계는 그 밤이 정점이었다. 빰 때리는 소리와 죽이라는 악다구니까지 들려왔으니까. 그뒤로는 싸우는 소리를 듣고 싶어도 못 듣게 된다. 우습게도 다음날 아버지는 마을에서 사라져버렸다. 할아버지 사망 관련 일을 본답시고 여객선 타고 나가서는 돌아오지 않았던 것이다. 증발. 실종. 도피. 뭐라고 말해도 상관없다. 어떤 것을 찍어도 맞는다.

안 좋은 일은 연달아 찾아온다고 한다. 우리집이 그랬다. 할아버지가 죽고 아버지가 사라졌다는 것은 어른 남자가 없어져버렸다는 소리였다. 열한 살 소년인 내가 우리집에서 가장 나이든 남자가 되었다. 연못에 빠진 아이를 건져주고 싶어도 이 년이나 더 기다려야 하는 나이에.

어머니가 밭을 매러 가거나 멀리 갯것을 하러 가면 동생들 밥을 차려주고 설거지를 해야 했다. 청소도 마찬가지였다. 힘들게 노동을 마치고 돌아왔는데 집안일이 되어 있지 않으면 어머니는 자기 얼굴만큼이나 어둡고 무거운 한숨을 내쉬었다. 그것뿐만이 아니었다. 날씨가 나쁘지만 않으면 바다로 나가 보리멸을 낚고 돌 들춰 고둥과 게를 잡았으며 산으로 버섯도 따러 다녀야 했다. 지금이야 생각나는 것 몇 개만 적어서 그렇지 그 외에도 많았다. 뭐든지 해야 했으니까. 그렇게 해도 도시락을 못 싸갈 때가 많았고 툭하면 졸았다.

어느 날 담임이 교무실로 불렀다. 그는 네모난 소포 뭉치를 풀었다. 거기에는 어린이 잡지인 『어깨동무』와 함께 이런저런 동화책이 들어 있었다.

"하나만 골라라. 너에게 특별히 주마. 『어깨동무』는 선생님들이 먼저 봐야 하니까 안 되고."

졸지에 소년 가장 처지가 된 것을 딱하게 여겨 담임이 선심 쓴 거였다. 나는 뒤적거리기 시작했다. 그때 눈에 들어온 표지가 그거였다. 머리에 벼락을 맞은 것 같은 아이가 멋진 망토를 쓰고 칼을 든 채 약간 고개를 숙이고 있는 그림.

"이거?"

"예."

"좋은 책을 골랐구나. 아껴서 읽어라. 변소 휴지로 쓰지 말고."

섬마을에는 종이가 귀했다. 조금이라도 용도가 떨어진다 싶은 책은 죄다 변소로 가서 뒤닦이로 쓰였다. 심한 경우 교과서도 그랬다. 찢어진 자신의 교과서를 변소 종이통에서 발견한 애가 울면 어른들은 이렇게 말했다.

"네가 전혀 안 보니까 필요 없는 책인 줄 알았지."

그렇게 해서 그 책이 손에 들어온 것이다. 당장은 왕자라는 단어에 혹했다. 왕의 아들은 나와 가장 반대되는, 몹시도 높은 사람 아니던가. 그래서 위기에 빠진 나라를 구하고 예쁜 공주와 결혼하게 되는 왕자의 모험담일 거라고 막연히 생각했다. 어리다고는 하지만 왕자란 으레 그런 존재들이니까. 그러나 틀렸다.

그 책은 두 개의 활화산과 한 개의 휴화산, 호시탐탐 기회를 노리고 있는 바오밥나무, 새침데기 꽃 한 송이와 풀들이 있는 아주 작은 별 이야기였다. 공주는 없었다. 공주는커녕 여자는 아예 한 명도 나오지 않았다. 코끼리를 삼킨 보아구렁이 그림도 인상적이었지만 그것보다 더 생생히 기억나는 것은 활화산 위에 손잡이 달린 냄비가 올려져 있는 장면이었다. 감동했고 숨이 멎을 만큼 부러웠다.

조금 전 고생담을 몇 가지 말했지만 하나는 안 했다. 그 일은 날마다 나를 괴롭혔기에 차마 말이 안 나왔던 거다. 바로 나무하기였다. 그땐 집집마다 나무를 마련하기 위해 곤욕을 치렀다. 오죽했으면 자식이 백 점 맞아 오는 것보다 나무 한 단 해오는 것을 더 큰 효도로 쳤을까. 그게 없으면 군불도 못 때고 밥도 못 해먹었으니까. 당시 사진을 보면 뒷산들이 거의 민둥이라는 것을 확인할 수 있다.

날마다 줄어드는 장작을 보며 어머니는 혀를 찼고 수시로 산으로 올라갔다. 그러나 주인 있는 땅에 들어갔다가는 싸움이 나기 마련이었다. 그들도 눈에 불을 켜고 나무를 지켰다. 땅이 없는 우리는 아주 멀리 가야 한 짐 정도 머리에 이고 돌아올 수 있었다. 멀리서 해오면 누구네 땅에서 꺾어왔는지 사람들이 몰랐다.

가까운 남의 땅에 들어가서 나무를 하면 편한데다 아이가 걸리면 잠깐 야단맞고 끝나곤 해서 어머니는 대놓고 나를 시켰다. 들키기 전에 재빨리 빠져나오려면 늘 서둘러야 했다. 어른 되면 절대 도둑질만큼은 안 하고 살겠다고 다짐한 게 그때였다.

추울 때 나무를 하면 손이 엄청 시리다. 긁힌 곳에서는 피가 터지고 잘 낫지도 않았으며 그나마 아물어가던 상처도 곧잘 덧나곤 했는데 바를 것이라곤 빨간약밖에 없었다. 아버지에 대한 원망으로 울면서 낫질을 할 때도 있었다. 나무하기가 여의치 않으면 솔잎이라도 긁어야 했다. 지금은 산길에 솔잎이 쌓여 지천이지만 그때는 말끔히 가래질이 되어 있었다. 집집마다 긁어댔으니까.

그러니 스물네 시간 적당히 불붙어 있는 활화산이 얼마나 부러웠겠는가. 그 별이 소행성 B612호였다. 알파벳을 몰라 B를 8자가 이상하게 인쇄되었다고 생각하고 8612로 읽었지만 말이다.

그곳에는 야단치는 어른과 귀찮고 힘든 일이 없었다. 내 소원은 그런 별을 하나 가지는 거였다. 가질 수 없다면 빌려서라도 살고 싶었다. 바오밥이라는 게 어린 왕자를 골치 아프게 만들기는 하지만 그래봤자 나무 아닌가. 나무 정도는 얼마든지 처리할 수 있었다. 이파리와 가지는 자라는 대로 잘라 불쏘시개로 쓰고 몸통은 도끼로 뽀개 장작을 만들면 되니까.

잠자리에 들면 이불을 뒤집어쓰고서 금붕어 세 마리가 있는 작은 연못, 밥 지을 활화산 하나, 바오밥 장작더미, 꽃보다는 강아지 한 마리가 있는 별을 상상하곤 했다. 그 별의 주인인 나는 멋지고 행복했다. 하지만 꿈만 꾸었다 하면 무덤 두 개, 화투짝이 깔려 있는 군용 모포나 마작 패가 놓여 있는 제사용 교자상, 넓은 밭에서 얼른 오라고 부르는 어머니가 나타났다. 볼품없고 괴로웠다.

그렇게 사는 것은 정말 싫었기 때문에 그런 꿈을 꾸고 나면 맥이 풀려서 멍하니 앉아 있을 수밖에 없었다. 그럴 때마다 심한 꾸지람을 들었다. 일하는 낮도 싫고 잠자는 밤도 싫었다. 유일하게 좋아하는 시간은 밤하늘 은하수를 바라보며 소행성 B612호가 어디쯤 있을까 찾아보는 시간이었다.

"알고 있어. 너를 찾아간 게 아니고 격추당했거든."

상상과 현실이 얼마나 다른가를 잘 보여주는 경우가 생텍스의 죽음이다. 비행기를 좋아하고 창공을 사랑했던 그는 사르데뉴 주둔 부대에 배속되고 나서 정찰기를 타고 나갔다. 나가서 돌아오지 않았다.

사람들은 우주 공간으로 날아갔을 거라고 생각했다. 생텍스다운 선택이라고. 슬프고도 아름다운 결말이었다. 프로펠러기를 타고 우주 멀리 소행성을 찾아간 소설가. 세숫대야에 몸을 싣고 북극에서 남극까지 떠내려가는 것보다 현실성이 떨어지지만 그런 것은 중요하지 않다. 하늘로 날아올랐고 돌아오지 않았으니 그렇다면 어디로 갔겠는가. 어린 왕자를 만나러 갔겠지.

우리 마음속에는 독립된 동화의 세계가 있다. 그 때문에 깊은 바다 어딘가에 용이나 인어가 살고 있을 거라 상상하고 친부모가 따로 있을 거라는 궁리도 하며 쉽지는 않지만 기회만 되면 하늘을 나는 꿈을 꾸지 않는가. 하지만 현실은 다르다고 시작 부분에서 나는 말했었다.

"격추?"

"응. 독일군 전투기에게 공격을 당해 추락했지."

21세기가 되자 독일군 조종사 출신 노인이 나타나 자신이 2차 세계대전중에 코르시카 상공에서 생텍쥐페리를 격추시킨 장본인이라고 실토했다. 나는 그것을 신문에서 읽었다. 노인은 자신이 격추시킨 이가 생텍스라는 걸 몰랐으며 그가 아니기를 기도했다고 말했다. 하지만 그 말을 들은 사람 중에는 다른 의견을 내는 이도 있었다. 알면서도 격추시켰을 거라고.

그럴 수도 있었다. 프로펠러기는 속도가 느린데다 조종사들이 자신만의 이니셜이나 그림 따위를 그려넣었기에 한눈에 알아볼 수도 있었고 생텍스는 이미 유명한 사람이었다. 전해지기로 그는 프로펠러 옆에 황금색 별을 하나 그려놓았으며 그날도 제 마음대로 비행을 했다고 한다.

어쨌든 독일 조종사는 알고 있으면서도 얼결에 기관총을 쏘았거나, 격추시킨 다음 긴가민가하다가 뉴스를 듣고 정찰기 주인을 확인했을 것이다. 뭐 상관없다. 노인들 기억이야 오락가락하니까.

그는 사람들의 비난이 두려워서 그 사실을 평생 비밀로 간직해 왔지만 이제 죽을 것 같아 고백한다고 덧붙였다. 하늘나라에서 생텍스를 만나게 될 것이 두려웠는지 모른다. 그리고 그도 죽었다. 생텍스도 죽고 그를 죽인 사람도 죽었다. 신비로운 이야기는 상상과 비밀에 의해 만들어지지만 실토 한마디에 와르르 무너지기도 한다. 전쟁을 싫어했던 생텍스는 계획 항로에서 벗어나 자유롭게 바닷가를 비행하다가 총격을 당했고 검은 연기를 내뿜으며 떨어진 것이다. 그러면 끝이다. 모든 이야기는 그렇게 끝난다. 그게 상식이다. 그런데 나에게 온 아이 때문에 끝났던 이야기가 이어지는 이 상황은 도대체 뭐란 말인가.

아이는 계속 침울한 얼굴이었다.

"그렇게 죽었단 말이야?"

목소리도 낮고 축축하게 바뀌었다.

"그 아저씨는 말을 참 부드럽게 했어."

"……"

"내 말을 이해해주는 유일한 어른이었고."

나는 행주를 짜듯 기억을 짜내서 생텍스가 그 책에 쓴 마지막 내용을 떠올렸다.

만약 당신이 아프리카의 사막에서 어린 왕자를 만난다면, 그렇게 되거든 제발 부탁이니, 나를 이토록 슬퍼하게 버려두지 말고 그가 돌아왔다고 빨리 편지해주기를……

그 말을 듣고서 아이는 손바닥으로 얼굴을 감싸고 울기 시작했다. 슬픔의 아우라가 작은 몸을 휩싸고 돌았다. 하나의 중요한 죽음이 그를 관통하고 있는 느낌이었다. 나는 기다렸다.

"좋은 사람이 죽는 것은 슬퍼."

"정말 그래."

생텍스가 살아 있다면 당장 편지를 썼을 것이다. 하지만 죽은 지 오래전이다. 이것은 어쩔 수 없는 사실이다. 그러자 아이가 뒤늦은 조문이라도 온 것 같아서 내 눈에도 시큼한 기운이 돌았다.

"도대체 왜 죽인 거야?"

"전쟁이었거든."

"전쟁?"

눈물을 닦은 아이는 고개를 들고 대답을 기다렸다.

"응. 여러 나라가 함께 싸웠던 건데."

"왜 여러 나라가 싸워?"

설명이 채 끝나기도 전에 그는 물어왔다.

"음…… 그러니까 국가들끼리 사이가 안 좋았고."

"사이가 안 좋은 이유는 뭔데?"

"음…… 내가 원하는 것과 다른 나라 사람이 원하는 게 다르고."

"그건 당연한 거 아니야?"

"그렇지. 음…… 그러니까 보통 사람이 아닌, 어떤 독재자의 욕심이 너무 커서 전쟁을 일으켰고 그러다가 편이 갈려서."

"고작 욕심 때문에 전쟁을 일으켰단 말이야?"

그는 궁금증으로 똘똘 뭉쳤고 나는 설명하느라 횡설수설 허덕였다. 고민 끝에 나온 대답은 이랬다.

"그러니까 바오밥나무와 너의 사이라고 할까? 바오밥나무는 별을 깨뜨리려고 하고 너는 그것을 막아야 하잖아. 너도 '양들과 꽃들의 전쟁'이라고 말한 적이 있어. 그러니까 너의 작은 별에서도 전쟁은 있었던 거잖아."

논거가 희박하기는 하지만 상대의 약점을 찾아냈다는 기분은 들었다.

"그건 운명 때문에 생긴 싸움이잖아. 양은 꽃을 먹으려고 하고 꽃은 가시를 이용해 자신을 지켜야 하니까. 그러면 그 독재자는 꽃을 본 양처럼 먹으려고 전쟁을 일으킨 거야?"

그의 반문에 내 입은 다시 막혔고 약점을 찾아냈다는 으쓱한 기분도 사라져버렸다. 지구에서 발발한 전쟁 중에 상대를 잡아먹기 위한 경우는 없으니까. 나는 진땀을 닦으며 실토할 수밖에 없었다.

"우리 인간이 불안정한 존재라서 그럴 거야. 그뒤로 다들 반성 많이 했어."

"허 참, 그러면 전쟁을 일으켜 사람들을 죽인 다음 미안해, 라고 했다는 거야?"

"……"

"전쟁은 끝났겠지?"

"끝났어."

"그건 다행이네."

나는 떨다시피 했고 한동안 따지던 아이는 바다 쪽으로 고개를 돌렸다. 입도 꾹 닫아버렸다. 혼자 있고 싶다는 표시로 보였다. 방해하고 싶은 생각은 없었다. 질문받는 족족 대답이 궁색하니 더욱 그랬다. 나란히 앉아 있기 어색해서 조용히 일어나 집으로 들어왔고 어떻게 하지, 고민하다가 방과 거실을 청소했으며 싱크대와 화장실도 깨끗이 닦았다. 그런 거라도 해야 할 것 같았다. 도중에 한 번씩 내다보았는데 그는 바다를 바라보기만 했다.

저녁이 되었고 이 정도 시간이 지났으니 괜찮지 않을까, 하는 기분으로 나는 조심스럽게 다가갔다.

"별이 뜨기 시작했어."

아이가 말했다. 역시나 화가 풀어져 있었다.

"지구에서는 별이 뜨려면 한참 기다려야 했어."

말한 대로 서쪽에 금성이 떠 있었다. 그럴 것이다. 그의 행성은 워낙 작아서 아침을 맞아 청소와 식사를 하고 나면 곧바로 석양이 찾아오고 별이 떴을 테니까. 우리는 출근이나 등교를 해서 여덟 시간 넘게 일과 공부를 해야 하고 그러고도 여러 시간을 더 보낸 다음에야 별을 볼 수 있다.

오래지 않아 나 여기 있었어, 하듯 하나둘 별이 빛나기 시작했다. 잠에서 깨어난 것도 같고 장거리달리기 시합에서 이제 막 도착한 것도 같았다. 우리는 별을 보기에 편한 자세로 바꾸었다. 바닥에 누운 것이다. 배에서도 별을 바라볼 때 그런 자세로 누워 있곤 했었다.

맨 처음은 해양대학 사학년 실습항해사 때였다. 육 개월 동안 현장 실습차 바다로 나가 용돈 정도 월급을 받으며 항해술, 항해계기, 적하술짐을 싣고 내리는 법, 밸러스트 조절법배의 균형을 잡는 법, 안전장비 관리 따위를 몸으로 배운 시기였다. 선장실 청소와 늦은 밤 짜장라면 끓이는 싸롱보이 노릇도 물론, 했다.

첫번째 항해는 유럽 가는 노선이었다. 대만의 지룽항, 중국 옌톈, 홍콩과 싱가포르항을 직접 보는 것도 경이로웠지만 나를 가장 미치게 만들었던 것은 대양에서 바라본 밤하늘의 별무리였다.

자정이 넘었을 때 전화가 울렸다. 늘 대기 상태였던 나는 번쩍 눈을 떴다. 전화를 건 이는 이등항해사로 항해과 오 년 선배였다. 올라가자 그는 윙 브리지로 내 등을 밀었다. 거기에 있었다. 밤하늘의 진짜 세계가.

"누워, 인마. 그래야 잘 보여."

나는 누웠다. 하찮은 존재가 거대한 대상을 마주했을 때 최고의 대처법은 눕는 것이다. 바다도 누운 상태에서 옆으로 보면 전혀 다른 느낌이다. 일이나 항해와는 상관없는 낯선 공간이 되어버린다. 훗날, 사람 많은 사거리를 함께 건던 아내의 옆모습이 문득 낯설어 보였던 것처럼 말이다. 나를 향하고 있을 때보다 어딘가를 바라보고 있는 그녀의 옆모습을 나는 좋아했다. 잠들어 있는 모습까지. 그래서 옆모습을 좋아하는 것이 진짜 좋아하는 것이다, 라고 지금도 생각한다.

밤하늘을 올려다보는 것도 마찬가지다. 고개를 젖혀 올려다보면 단순한 구경거리지만 누우면 오로지 나의 세상이 된다. 완벽한 어둠과 그럼으로써 드러나는 우주의 적나라한 속살들.

세세하게 박힌 별무리 사진을 본 적 있을 것이다. 그중 가장 많은 별이 가장 밝게, 가장 가까이, 가장 선명하게 드러난 걸 밤마다 눈으로 직접 보는 사람을 상상해보라. 그게 나였다. 수억만 발의 폭죽이 계속 터지는 장면에 압도당해 일어나지도 못했다. 그것들은 그냥 떠 있는 게 아니고 스르르 미끄러져내려왔다. 고개를 드는 순간 머리가 토성과 목성 사이로 솟구쳐올라갈 것만 같았다.

이렇게 말해도 사람들은 잘 느끼지 못할 것이다. 인도양, 태평양, 대서양 복판의 밤하늘이 얼마나 아름답고 멋진지. 지리산에서 보는 별무리가 근사하다고들 하는데 그게 동네 금은방에서 보는 금반지라면 바다 위 밤하늘은 세계 최대의 보석 매장이라고 할 수 있다. 못 믿겠다면 당장 배를 타고 나가보길 바란다.

그 순간만큼은 어떠한 걱정도 사라져버린다. 심지어 즐겁다는 마음까지 사라져버린다. 별로 가득한 광활한 우주와 아주 작은 나. 세상엔 단지 그 둘뿐이다. 우주와 나의 차이는 너무 거대하지만, 그 극도의 차이 덕분에 아무런 차이도 못 느끼게 되어버린다고 하면 믿을까.

더군다나 밤바다는 수평선이 보이지 않는다. 하늘과 바다의 유일한 경계가 사라져버리는 것이다. 어디가 하늘이고 어디가 바다인지 구분할 필요도 없고 의미도 없다. 수면에도 밤하늘의 별만큼 빛이 반짝이니까. 위아래, 전후좌우 온 천지가 별빛이다.

배는 언제 그랬는지도 모르게 이륙하여 밤하늘을 가르고 있었다. 대기권이고 뭐고 따질 겨를도 없이 우주로 날아가고 있는 거였다. 우주 공간이 수면이었다. 그렇다면 컨테이너 하역 계획표 'HTDU 24890131~HTDU 32091822 노트르담'은 'HTDU 24890131~HTDU 32091822 해왕성'으로 바뀌었을 것이다.

우리 배는 해왕성에 들러 54개의 컨테이너를 내리고 78개를 실은 다음 켄타우루스자리의 프록시마로 갈 것이다. 거기서도 하역을 하고 더 먼 곳으로, 북극성이 있는 작은곰자리, 견우성이라 불리는 알타이르, 작은개자리의 프로키온을 차례대로 찾아갈 것이다. KKL31302, UY43, WQA232, 이런 소행성들도 지나칠 것이다. 그래, 잘하면 B612에도 닿을 수 있겠지. 어린 왕자의 별은 워낙 작으니 좀 떨어진 곳에 떠 있어야 할 거야. 컨테이너를 하역할 이유도 없을 테고. 다만 뭐라도 선물을 주고 싶은데, 뭐가 좋을까……

아마도 나는 탄성을 질렀을 것이다. 선배가 쫓아나와 자신의 입에 검지를 가져다 댄 것으로 봐서 탄성은 비명에 가까웠을 것이다.

"이 새끼가, 그냥 눈으로만 봐."

이등타수가 우리의 모습을 보고 웃었다. 정신을 차린 나는 생각했다. 항해과에 오길 잘했어, 내 판단이 맞았어, 무슨 일이 있더라도 항해사가 될 거야.

그리고 일 년 뒤 삼등항해사가 된 것이다. 삼등항해사는 밤과 낮 열두시에 당직이 끝난다. 밤시간 선교는 먹물 속으로 들어온 것마냥 어둡다. 바깥을 잘 보기 위해 실내 불을 모두 꺼버리기 때문이다. 이런저런 계기의 작은 불빛만 반딧불이처럼 깜박거린다. 필요할 때는 휴대용 손전등을 사용한다. 그렇게 어둠에 익숙해진 상태로 윙 브리지로 나가면 기다렸다는 듯 쏟아져내리는 별들. 맑은 그믐밤에는 그렇게 누워서 마음껏 밤하늘을 바라보곤 했다. 숙소의 침대와는 전혀 다른 느낌. 눕는 행위의 이유 중에 이렇게 색다른 경우가 또 있을까.

우리 회사 선원들은 보통 육 개월 배를 타고 나면 휴가를 받았다. 휴가가 끝나면 다른 배에 배정된다. 그럴 때마다 선원들이 바뀐다. 아주 많은 항해사와 선장과 선원 들을 만나왔다는 소리다. 내가 윙 브리지에 몸을 눕히면 그들의 반응은 제각각이었다. 근무자가 곁에 있으니 적당히 하라는 사람도 있고 별빛에 홀리면 결국 바다에 몸을 던지게 된다고 야단치는 이도 있었다. 그래도 그들 모두 밤하늘 별의 아름다움에 대해서는 동감했다. 자기들이 봐도 그러니까.

"너의 별은 잘 있어?"

내가 물었다. 길어지는 침묵이 버거워서 입을 연 것이었으나 다른 이유도 있었다. 아이는 '작았으니까'라는 소리를 두 번이나 했었다. 별생각 없이 넘어갈 수도 있었지만 '내 별은 작으니까'라고 대답하지 않은 게 마음에 걸렸던 것이다.

"소행성 B612호 말이야."

"잘 몰라."

아이는 힘없이 대답했다.

"아직 내 별에 가보지 못했어."

슬프게도 짐작이 맞아버렸다. 놀란 나는 옆으로 몸을 돌려 얼굴을 마주했다. 세상에, 팔십 년 동안이나 집엘 못 갔다는 것 아닌가. 가엾게도. 별빛이 창백한 얼굴에 아스라이 머물고 있었다. 생텍스의 기록대로라면, 아이는 독사에 물렸고 자신이 아픈 것처럼 보일 거라고 말하고 나서 일 년 전 지구에 처음 도착한 곳을 찾으려 걸어갔고 그러다 의식을 잃고 쓰러졌었다. 조심스럽게 과정을 이야기하자 그는 이렇게 대꾸했다.

"맞아. 나는 정신을 잃었어."

또다시 입을 다물어버리면 어쩌나 싶어서 나는 숨소리도 내지 않았다.

"새벽에 정신을 차려보니 아저씨는 나를 껴안은 채 잠들어 있었어. 난 수염이 자라나 있는 얼굴을 바라보다가 이마에 입을 맞추고 일어섰어. 그리고 조금 걸어가서 그것을 만났어."

내 주먹엔 저절로 힘이 들어갔다. 이도 악물었다. 남들이 봤다면 어린아이를 그윽하게 바라보고 있는 중년 남자의 모습이겠으나 속으로는 잔뜩 긴장하고 있었던 것이다. 그럴 수밖에 없었다. 똑똑하다는 세계 과학자들이 평생 연구해도 못 밝혀내고 있는 우주의 비밀이 어쩌면 풀릴지도 모르는데 안 그렇겠는가.

"의지할 것은 그것밖에 없으니까. 운이 좋았던 거야. 그것 중 일부가 근처에 막 도착했었거든. 하지만 그 정도로는 우주로 나가지 못해. 거기에다 난 여전히 아팠고 비틀거리기까지 했으니까."

그는 잠시 말을 멈추었다. 나는 발가락 끝이 자꾸 꼼질거리는 것을 혼신의 힘으로 버텨내며 다음 말을 기다렸다.

"그것이 나를 감싸서 바위산으로 데려갔어. 그곳에 그것들이 더 모여들었고 마침내 우주로 갈 정도가 된 거야."

자, 일단 무언가가 등장했다. 표현한 대로 하자면 그것들이. 말 그대로 '그것들이'.

"내 별이 있는 쪽으로 가긴 했는데 찾지 못했어. 내 별을 목표로 갔던 게 아니었는지도 몰라. 그것들도 꽃처럼 변덕이 심하거든."

"그것들은,"

나는 숨을 길게 들이마신 다음 천천히 내뱉으며 커다란 나라의 황제를 알현하러 온 작은 나라 대신처럼 물었다.

"뭐지?"

실제로는 '뭐지요?'라고 할 뻔했다.

"나도 자세히는 몰라."

"……"

"그냥 별과 별 사이를 날아다니는 애들이야."

"그러면, 새야?"

"새?"

"응. 생 아저씨는 네가 철새들의 이동에 의해 날아왔을 거라고 써놨거든."

"그래? 그렇다면 철새라고 해도 될 거야."

아마도 아이는 지금 하는 말을 생텍스에게도 했을 것이다. 그것의 정체에 대해 잘 모르고 있다니 생텍스는 상상력을 발휘하여 철새라고 정의 내렸을 가능성이 높았다. 질문은 이어졌다.

"그럼 지구로 다시 온 것도 그것들 때문이야?"

"응. 나는 내 별에 가고 싶었는데."

"……"

"예전에 여기 왔을 때 일부분이 남았던 모양이야."

"그럼 남은 그것들을 찾기 위해서?"

"자세한 것은 몰라. 그애들끼리 주고받는 신호를 다 알아들을 수는 없거든."

"찾았니?"

"찾으려고 흩어졌어."

"흩어지기도 해?"

"응. 어떤 행성에 들르면 한 부분을 남기기도 하고 다시 만나기도 하거든."

"아."

"그래서 찾으러 간 것 같아. 나를 책임지는 작은 조각만 나에게 남고."

"작은 조각? 지구에서는 작은 부분만으로도 움직일 수 있는 모양이지?"

"그때도 그것 중 일부가 나를 산으로 옮겨주었다고 했잖아."

"참, 그랬지. 그렇다면 이곳엘 온 것도 그 조각의 판단이야?"

"아니, 내가 바다를 보고 싶어했거든."

아이는 손가락으로 등대 뒤편 봉우리를 가리킨 다음 이쪽으로 선을 그었다. 새벽 다섯시에 보았던, 빠른 속도로 움직이던 은색 점, 그랬던 거구나. 어쩐지 한 번도 본 적이 없는 형태였었지…… 나는 궁금한 것이 아주 많았고 이제야 첫번째 관문을 지났다는 느낌이었다.

"오랫동안 못 갔으니 그사이 꽃이 죽었을지도 몰라."

"그동안 우거져서 꽃밭이 되어 있을 수도 있잖아."

아이는 나를 바라보았다.

"그 꽃은 혼자서는 뭘 잘 못하는데? 기침만 하고."

"네가 있어서 그랬을 거야. 돌봐줄 사람이 없어지면 스스로 해내는 능력이 생기거든."

내 말은 내가 들어보아도 그럴듯했다.

"그럴까?"

"그렇다니까. 너도 저번에 왔을 때 장미가 잔뜩 있는 정원을 본 적이 있잖아."

"그랬어. 모두 오천 송이였어."

"글쎄, 그렇게 되어 있을 거라니까. 어쩌면 네 별에 어린 왕자 꽃가게를 열어야 할지도 몰라."

나는 기분이 좋아졌고 정말로 그렇게 되기를 희망했다. 우주에 떠 있는 꽃가게. 생각만 해도 참 근사했다.

"그래서 너 같은 우주여행자들에게 꽃을 파는 거야. 아니, 한 송이씩 선물하는 거지."

아이의 성품을 고려해서 얼른 말을 바꾸었는데 그는 한숨을 내쉬었다.

"오천 송이가 죄다 기침을 해대며 투정을 부릴 수도 있잖아."

그건 끔찍한 경우였다. 한 명의 꼬마가 투정을 부리는 것도 버거운데 오천 명이 그러고 있는 장면이 떠올랐던 것이다. 아이는 고개를 돌려 다시 밤하늘을 바라보기 시작했다. 나는 조금 전 들었던 '그것'들로 이야기를 되돌리고 싶었다. 하지만 적당한 이유를 찾지 못해 그냥 있었다. 삼십 분쯤 지났을 때 기회가 왔다. 바다직박구리 한 마리가 근처를 포르르 날아간 것이다. 잘 시간인데 늦었다는 듯이.

"저런 새는 아니겠지?"

"뭐가?"

"그것들 말이야. 새라고 하지만 저런 모습은 아닐 거 아니야. 너를 매달고 가기에는 너무 작으니까."

"맞아. 저 새는 너무 작아."

"그러니까 말이야, 그것들은 너를 어떻게 데리고 가는 거지?"

"때가 되면 모인 다음 나를 감싸안고 이 별에서 저 별로 날아가. 그러니 새라고 할 수도 있는 거야."

아이의 말은 받아들일 수밖에 없었다. 무슨 재주로 반박한단 말인가. 내 마음대로 정리해보자면 이렇게 된다. 태양계 내를 이동하는 철새들이 있다고 치자. 지구에서 여름을 나고 겨울이 되면 뜨거운 금성이나 수성으로 날아가는 무리들 말이다. 반대로 차가운 명왕성에 머물다가 지구를 찾아올 수도 있고. 그동안 과학자들은 그런 게 있다고 말 안 했지만 없다고도 안 했다.

있다면 정말이지 근사하면서 기이한 존재들일 텐데, 어쨌든 태양계 안에서 이동이 가능하다면 더 먼 별에 가는 것도, 성운과 성운, 은하와 은하 사이를 날아다니는 것도 가능하지 않을까. 작은 요트로도 태평양을 건널 수 있으니까. 표류를 당해 맨 처음 바다를 건넌 사람에게는 널빤지가 배였을 테니까.

가로등에 불을 밝히듯 나는 생각을 더해갔다. 단지 우리가 모르고 있을 뿐이지, 과학자들이 밝혀내지 못하거나 발견하지 못하는 것들이 얼마나 많은데.

예를 들어, 아직 발견하지 못한 심해 생물체가 십만 종에서 백만 종 사이일 거라고 한다. 마릿수가 아니고 종種이다. 선장실에서 해양과학 관련 잡지를 읽다가 이 부분에서 웃고 말았다. 이런 경우 십만에서 십삼만, 또는 구십만에서 백만이라고 해야 하는데 대상의 폭이 너무 컸기 때문이다. 참 책임감 없는 주장이었는데 반대로 보면 아직 모르고 있는 생물체가 얼마나 많을지, 지구 안에서도 감히 짐작조차 하지 못한다는 소리 아닌가(아, 내가 탔던 배의 선장실에는 이제 다른 사람이 앉아 있겠지).

그러니 이따금 과학자들을 놀라게 하는 어떤 불빛이나 현상들은 그런 새들이지 않을까. 아이를 데리고 다니는 그것들은 날개나 꽁지깃 같은 게 없다 하더라도 우주의 기러기나 군함새 같은 생물체는 아닐까. 이 행성에 새끼를 낳아두고 몇십 년 또는 몇백 년 뒤에 다시 만나기도 하는 그런 존재. 말 그대로 그곳은 미지의 영역, 우주이니까. 턱도 없는 소리라고 말하지 말아주기 바란다. 과학 잡지에서 읽었던 한 천체물리학자의 말을 나는 기억하고 있다.

우주에서 보이는 특이한 현상을 가지고 과학자들이 토론을 했다. 한 연구원이 색다른 가설을 내놓았다. 다른 연구원이 그 시각은 상식적으로 말이 되지 않는다고 지적하자 그는 이렇게 끼어들었다.

"왜 우주가 지구인의 상식을 따라야 하지요?"

그러게 말이다. 우리가 우주의 일원이기는 하지만 저 거대한 존재가 고작 세포 하나 크기의 별, 그 속에서 살고 있는 작고 볼품없는 한 생명체의 짐작대로 왜 움직여야 하는가 말이다. 코끼리가 꼬리털 한 올의 눈치를 볼 이유가 어디 있겠는가. 나는 다시 조심스럽게 물었다.

"그렇다면 말이지, 별을 보고 있는데 미안하지만 궁금해서 그러는데……"

방해하지 않으려면 질문은 짧아야 한다고 생각하면서도 나는 그렇게 물어보고 있었다.

"너의 별에서 맨 처음 떠날 때도 그것들 도움을 받은 거야?"

"응."

"어디서 그게 왔는데?"

"북동쪽에서."

"거기 북동쪽에는 뭐가 있어?"

"없어. 별도 보이지 않고 그냥 어둡기만 해."

"어둡기만 하다고?"

"그래."

이제는 내가 생텍스를 만난 어린 왕자처럼 되어버린 것 같았다. 한번 궁금하면 끝까지 물고늘어지는 기질 말이다.

"어떻게……"

"어떻게 만났냐 이거지?"

당신 마음을 알겠어, 하는 투로 아이는 살짝 웃었다. 눈빛이 별빛 같았다. 여러 가지를 궁금해하는 사람은 다른 이들의 궁금증도 잘 헤아려주는 법이다. 재치 있는 말로 좌중을 즐겁게 해주는 사람이 다른 사람의 사소한 농담에도 잘 웃듯이. 나는 급하게 고개를 끄덕였다.

"느낌이었어. 여행을 하고 싶은 마음이 생기는 순간에 그게 왔거든."

"그리고 그것들이 감싼 다음 떠오르고?"

"맞아."

"아까 작은 조각이 함께 있다고 했는데……"

"목뒤에 있어. 보여?"

아이는 살짝 목을 비틀었다.

"아무것도 안 보이는데?"

"조금 있다가 볼 수 있을 거야."

"있다는 것은 느껴지는 거야?"

"응. 그 정도는 교감하거든. 다가오는지, 멀어지는지 알 수도 있고."

나는 말을 멈추었다. 그래야 할 것 같았다. 그는 또다시 밤하늘을 바라보았다. 자신의 별을 찾고 있다는 것을 알 수 있었다. 그러자 기이한 어떤 것에 둘러싸인 채 팔십 년 동안 우주 공간을 헤매고 있는 십대 소년의 모습이 그려졌다. 그것은 꼭 죽어버린 어린 우주인이 둥둥 떠다니는 장면 같아서 흠칫 몸이 떨렸다. 끝없이 넓은 우주 한 귀퉁이에 지구별이 홀로 떠 있는 모습만 상상해봐도 외롭고 쓸쓸한데 몇 뼘 되지 않는 이 가녀린 몸으로 그러고 있었다니.

아이는 그 상태로 잠이 들어버렸다. 긴 여행을 했으니 몹시 피곤했을 거라고 나는 생각했다. 십 분 정도 지나 잠이 깊어진 듯해서 조심스럽게 안아 들었는데 정말이지 가볍고 부드러웠다. 몸에 손을 대보는 것만으로도 가슴이 쿵쾅거렸고 이런 몸으로 어떻게 우주 공간을 날아다닐까, 의문이 들기도 했다. 작은방에 이불을 깔고 눕힐 때까지 그는 깨지 않았다.

이때 문제가 발생했다. 얼굴을 만져보고 싶은 마음이 활화산 마그마처럼 솟구치는 게 아닌가. 피부의 질감을 확인하고 싶은 욕구 말이다. 여러 시간 이야기를 나누었지만 이 아이가 정말 그인지, 오래전 책 속에 들어 있던 진짜 어린 왕자가 맞는지, 만져본다 한들 무슨 수로 알아내겠는가마는, 그래보고 싶었던 것이다. 최소한 가까운 사이가 됐다는 증거라도 만들고 싶었다.

그러나 그래서는 안 되는 거였다. 예의였고 무엇보다 그런 짓이야말로 아이가 연기처럼 사라져버리게 되는 동기가 될 것만 같았기 때문이었다. 사력을 다해 이빨을 악물어야 했다. 그 시간이 제법 되었다.

그때 아이의 목덜미에서 무언가가 움직이는 게 보였다. 분명하게 움직인다기보다는 흐물거린다고 할까, 미세하게 꾸물거린다고 할까. 보기에 따라 해파리 같고 연기 같고 녹은 유리 같기도 했다. 그러다 문득 보이지 않게 되었다. 그게 일부분 남아 있다는 '그것'일 것이라고 나는 짐작했다.

그러자 그것도 만져보고 싶은 욕구까지 치솟아올라 이번에는 혀까지 질끈 깨물어야 했다. 만에 하나 만졌다가 어딘가로 훽 사라지게 된다면, 이를테면 명왕성으로 데려다놓는다면 정말이지 끔찍하니까. 그곳은 영하 이백 도라고 하지 않던가. 멀리 못 간다 하더라도 육지로 데려다놓거나 저 앞의 무인도로 옮겨놓는다면 얼마나 골치 아프겠는가.

그것은 어쩌다 모습이 나타났다. 뒷덜미에서 땀이 흐르듯 십오 센티미터 정도 슬그머니 나오다가 얇게 펴지면 전혀 보이지 않았고 다시 작은 유동체로 바뀌어가는, 그런 상태였다. 어쩌면 나를 탐색하는지도 몰랐다.

나는 숨을 내쉬었다. 팔십 년이면 지구에서는 갓난아이가 노인이 되어 죽는 데 충분한 시간이다. 아무도 슬퍼하지 않을 나이. 그러나 아이는 그대로거나, 거의 그대로거나, 아무리 잘 봐주어도 고작 한 뼘 더 자라난 정도였다. 우리의 순수를 대변하는 존재인 어린 왕자가 나이가 든다는 것은 정말 싫지만, 살아 있는 생명이라 자라기도 하긴 할 터인데 그래도 차이는 거의 없어 보였다.

지구의 시간과 우주의 시간이 같지 않을 수 있는데다 무엇보다 아주 빠른 속도로 날아다니면 시간이 엿가락처럼 늘어진다는 것이 그나마 알고 있는 기초 지식이다. 빛의 속도에 도달하면 시간이 없어져버린다는 것까지. 그렇다면 그동안 엄청나게 빠른 속도로 이동을 했다는 짐작이 가능하다. 행성 간 여행을 하려면 그래야 할 것이다. 우주에서는 빛의 속도마저 아주 느린 게 되니까.

또하나. 그것들이 어두운 곳에서 왔다고 아이는 설명했다. 당장 떠오르는 게 있다. 우주에는 우리가 아직 정체를 알아내지 못한 (아는 게 거의 없기는 하지만) 대표적인 두 가지가 있는데 그게 바로 암흑 에너지와 암흑 물질이며 이 둘은 천체물리학의 최대 수수께끼이자 화두이다, 라고 책에서 여러 번 읽었다. 오죽 모르겠으면 에너지와 물질이라는 빤한 단어 앞에 '암흑'을 붙였겠는가. 그리고 그것들은 우주 전체 질량의 대부분을 차지하고 있다고도 쓰여 있었다.

아주 많은 방과 창고를 가진 오층짜리 고택에서 화장실 하나를 제외한 내부 전체가 잠겨 있는 비밀의 공간이라고 가정해보자. 그 안에는 뭐가 있을지 도대체 모를 일이다. 목 잘린 인형 삼백세 개,

일곱 개의 눈알이 달린 사마귀, 거꾸로 서서 돌아다니는 혼령, 고양이 대가리와 수달의 몸에 염소 꼬리를 한 애완동물, 허공에 떠 있는 눈동자나 스스로 소리를 내서 내용을 읽어주는 책 같은 게 있다고 한들 우리가 할 수 있는 일은 깜짝 놀라는 것뿐이다. 그러니 우주 너머에 뭐가 있든 시비를 걸 수도, 따질 수도 없는 노릇이지 않은가.

여기까지 궁리하다가 그만두었다. 어찌되었든 간에 그가 앞에 있었다. 책에서 보았던 아이가, 우주의 신비로운 존재가. 나는 잠이 오지 않았다. 당신이라면 잠이 오겠는가.

5

밤은 깊어갔고 나는 거듭 잠들지 못했다.

이등항해사 시절 여자친구가 있었다. 맞다. 수에즈운하에서 밀항자가 뛰어내린 날 밤에 편지를 썼던 여자. 실습항해사 끝내고 만난 사람으로 사 년 정도 사귀었는데 그러나 청혼은 보기 좋게 거절당하고 말았다. 거절은 이별까지 불러왔다. 꼬박 반년을 견뎌야 만날 수 있다는 것에, 앞으로도 계속 그래야 한다는 사실에 여자친구는 이미 질려 있었다. 사 년 동안 만난 횟수를 합쳐보았자 육지 커플 육 개월에도 못 미쳤으니까.

청혼에 대한 답으로 그녀는 육지 근무를 조건으로 내걸었다. 하지만 자리가 쉽게 나지 않을뿐더러 월급이 줄어들기 때문에 동의하기 어려웠다. 어머니와 두 동생이 내 월급에 온전히 입을 대고 있었고 남은 기간도 길었다. 냉정하게도 그녀는 그렇다면 안녕, 하고는 뒤돌아섰다.

그녀는 빠른 속도로 멀어졌고 나는 급속하게 외로워졌다. 자주 못 보더라도 거기 어딘가에 있는 것과 어디에 있는지 알 수 없는 것의 차이는 엄청났다. 휴가 기간 내내 술집을 전전하다가 가축이 끌려가듯 배에 올랐고 그때 소개받은 사람이 아내였다. 처음부터 결혼이 전제였다. 그녀는 내가 고등학교를 다녔던 항구 출신이었다. 사진을 먼저 보았는데 수수한 모습이 나쁘지 않았고 다음 휴가 때 커피숍에서 만났다. 사진 그대로였다.

내가 내놓을 수 있는 카드는 딱 하나, 돈이었다. 성실하게 배만 타면 돈은 번다. 고백하기 부끄럽지만 여자의 집이 가난하기를 나는 기대했다. 벌어다 주는 돈에 기댈 수밖에 없는 환경 말이다. 내 입장에서는 다행스럽게도 항구 변두리 소작농 큰딸이 그녀의 배경이었다.

우리는 밋밋한 연인이 되었다. 덤덤하게 영화를 보고 애매하게 손을 잡았으며 머쓱하게 입을 맞췄다. 나쁘게 말하면 저절로 나이를 먹듯 별 의미 없이 과정을 밟았고 좋게 말하면 서로 까다롭지 않았다. 그리고 다음번 휴가 때 결혼식을 올렸다. 이런 대화가 가능하다.

—결혼이란 불타는 사랑의 터널을 통과한 다음 만나는 도착지

인데 그냥 결혼해버렸다고?

—응.

—사랑하지 않는데도 결혼을 했다는 거 아냐. 어떻게 그럴 수 있지?

—자연스럽게 그렇게 됐어. 사랑에 빠져서 결혼한 사람들도 이혼하곤 하잖아.

—그것은 다른 문제야. 감정 없이 결혼한다는 것 자체가 이해가 안 돼.

—왜?

—이상하잖아, 마치 몸만 필요한 것처럼.

—그것만은 아냐. 결혼을 하고 싶었고 줄 수 있는 것과 받을 수 있는 것이 서로 맞아떨어진 거니까.

—그러니까 조건만으로 결혼을 결정했다는 거잖아, 정치인이나 재벌 자식들처럼.

—그들만 그런 결혼 할 수 있는 거야? 우리도 그럴 수 있잖아.

—그래서 행복했어?

—그건 잘 모르겠지만 나쁘진 않았어. 나는 배를 타야 했고 가정도 필요했으니까. 그 두 가지를 같이 이룰 수 있는 거의 유일한 방법이 아내를 만난 거였지……

요즘 젊은 친구들은 다르긴 하다. 배 타면서 연애하기 어렵기는 지금도 마찬가지여서 이들 대부분은 이등항해사 도중에 퇴사를 한다. 여자친구가 전화를 얼른 끊어서, 사흘째 메일을 읽지 않아서 고통스러워하는 애들을 많이 봤다. 이 경우, 바다 위에 떠 있는 한 어떠한 위로도 도움이 되지 않았다. 그들은 날이 갈수록 얼굴색이 나빠졌으며 우울증까지 생기곤 했다. 그러니 외항선을 삼 년 타면 병역 면제해주는 제도를 써먹는 것이다. 그런 친구들을 보면 안타깝기도 하고 우리 세대엔 왜 저런 배짱을 부리지 못했을까, 부러움이 들기도 했다.

우리는 그렇게 결혼했다. 제주도로 신혼여행을 다녀온 다음 다시 배를 타고 나가 돈을 벌었다. 아내는 집을 지켰다. 사랑이라는 것이 생겨났는지 자신할 수는 없으나 서로에게 익숙해졌고 모든 게 당연해졌다. 되돌아보면 우리 부부는 단순한 패턴을 되풀이하는 인형처럼 시간을 보내는 것 자체가 목적인 인생이었던 것만 같다. 하지만 그 방법밖에 없었다. 결혼생활이나 아내에 대해 깊이 생각하게 된 것은 최근에 이르러서다. 섬으로 돌아와 살고 있는 이유도 그녀 때문이니까.

돈에 대해 한 가지 더.

선원들 상당수는 밤이 되면 포커를 한다. 한배를 탄 운명공동체로서 유대관계가 중요한데 그게 도움이 되기도 한다. 화물선 선원생활은 지루함과의 싸움이다. 한마디로 시간을 월급으로 바꾸는 짓이다. 나는 좋아하지 않았다. 노름 안 한 것을 자랑하는 게 아니다. 단지 재미가 없었다. 아버지의 마지막 모습 영향이겠지만 그 탓에 선원들에게 인기가 없는 편이었다.

항해사 시절에는 계급에 눌려 한 번씩 했다. 잘하지 못해서 놀림거리가 되곤 했는데 선장이 되고부터는 부담에서 벗어날 수 있었다. 배에서 하는 포커가 좋은 점은 있다. 거기서는 노름해봤자 패가망신한 사람 안 나온다. 잃었다 하더라도 그 돈은 어디 안 가고 고스란히 배 안에 있으니까.

부산항에서 유럽을 다녀오면 두 달 걸린다. 그게 한 항차다. 세 항차 정도 타면 휴가다. 포커 실력들은 비슷하다. 그러니 두 달, 또는 넉 달, 여섯 달 동안(휴가 가는 시기가 서로 다르니까) 이 사람 주머니에서 저 사람 주머니로 돈이 빙빙 돌기만 한다. 경로당의 고스톱 판과 비슷하다.

나는 계속 배를 탔기에 수입이 보장되어 있었다. 월급은 아내 통장으로 들어갔다. 그런 생활이 기쁘지도 슬프지도 않았다. 어렸을 때 본 모습도 그런 거였다. 아버지가 원양어선이나 외항선 선원인 친구가 여럿이었다. 나는 그들을 부러워했다. 일이 년에 한 번씩 아버지가 돌아오면(대체로 외국선의 하급 선원이었기에 승선 기간이 길었다) 그 집은 화목하고 행복해 보였다. 학교에 온 친구도 활기찼다. 세이코 손목시계는 물론 어린이용 선글라스를 쓰고 있기도 해서 더욱 그러했다.

중학교 이학년 때 우리 가족은 항구로 이사를 했다. 명목상 이유는 나 때문이었고 아버지는 그때까지도 행방불명이었다. 행불은 가족들에게는 참으로 괴로운 것이다. 할아버지처럼 보는 데서 숨이 끊어지면 남은 사람들의 인생이 다시 시작된다. 어머니와 고모, 아버지 얼굴에서 이젠 끝났구나, 하는 다행과 안정의 표정을 봤었다.

그런데 행방불명은 이러지도 저러지도 못하게 만든다. 생활비를 주지 않고, 보호자가 되어주지도 못한다는 점에서 죽은 것과 같았다. 그러나 돌아오지 않을까 기대하게 만든다는 점에서는 살아 있는 거였다. 아버지가 계속 연락이 없자 어머니는 내심 후회하는 얼굴을 하기도 했다.

"미친놈처럼 어느 천지를 활보하고 있는지 원."

그 소리를 종종 했는데 한숨 소리가 늘 뒤따라 나왔다. 섬에서 여자 혼자 자식들 키우는 데는 한계가 있다. 그사이 나는 공부 열심히 하는 학생으로 바뀌어 있었다. 그럴 수밖에 없었다. 아버지의 행불 뒤 쏟아지는 사람들의 관심과 시선이 싫었던 것이다. 가장 자주 나왔던 소리는 '지 애비 숨넘어가는데 기다리라고 하고서 마작 패 붙들고 있던 사람'이다. 당연히 아버지가 들어야 할 소리인데 사라져버린 탓에 '재가 바로 그 사람의 아들' 소리를 내가 들었다.

놀고 있으면 어머니가 밭에 데리고 가거나 집안일을 시켰다. 그러나 공부를 하고 있을 때면 그냥 두었기 때문에 나무하기 싫어서라도 책 붙들고 있는 시간이 길어졌다. 하지만 그런 이유는 소소한 것이다. 공부를 열심히 하게 된 결정적인 이유는 따로 있었다.

그렇게들 많이 배를 탔는데도 동네 남자들 중에 외항선 선장은 없었다. 잘해야 조기장이나 갑판장, 작은 규모의 화물선 항해사였다. 그 정도 직책의 선원이 되어 먼바다로 훨훨 돌아다니는 모습이 막연한 내 미래의 모습이기도 했다. 집안 상황에 넌더리를 내고 있었기 때문에 아주 먼 곳으로 가고 싶었던 것이다.

그렇지만 아버지처럼 가족을 모른 척하고 싶지는 않았다. 돈만큼은 벌어다 주고 싶었다. 어머니와 동생들이 계속 궁핍에 시달리는 것은 상상하는 것만으로도 괴로웠다. 직장이 먼 곳이되 돈을 많이 벌 수 있는 직업. 그게 선원이었다.

처음에는 그 수준이었던 것이다. 그러다 장래 희망을 선장으로 정하게 된다. 삼촌이라고 불렀던, 어정쩡한 친척 중에 중국과 일본 다니는 화물선 삼등항해사가 한 명 있었는데, 휴가 나온 그가 이렇게 말한 적이 있었다.

'갑판수의 마지막 목표는 갑판장이다. 군대로 치면 상사 정도다. 사내라면 장교는 돼야지. 항해사나 기관사가 장교다. 그래서 술 안 먹고 포커 안 하고 시험 쳐서 간신히 항해사 됐다. 그런데 그 속에서도 천차만별이더라. 우리 같은 삼천 톤짜리 항해사는 월급도 적다. 고등학교 때 탱탱 놀았던 것을 얼마나 후회했는지 너는 모를 것이다. 국립해양대학을 가면 졸업과 동시에 삼항사가 되는데 월급이 내 두 배더라. 그 어린 나이에. 그리고 계속 타면 나중에 선장이 된다. 캡틴이 된다는 소리다.'

그 말이 귀에 박혔다. 또하나. 뜻밖에도 그는 바오밥나무에 대해 알고 있었다. 아프리카를 이야기하다가 우연히 걸려 나온 것이다. 영국 선박 갑판수 시절에 그곳엘 가보았다고 했다. 바오밥에 대해서는『어린 왕자』책을 준 담임도, 다른 어른들도 모른다고 했다. 그래서 어린 왕자의 별에서만 자라는 아주 못된 나무라고 생각했다. 그런데 아프리카에 실제 있단다.

소행성 B612호에는 못 가보겠지만 아프리카에 가면 바오밥나무를 직접 볼 수 있다는 소리 아닌가. 그 나무만 볼 수 있어도 소행성이 어떤 느낌인지 알 수 있을 것 같았다. 심지어 그곳에는 사막도 있단다. 오아시스를 숨겨놓았기에 아름답다는 끝없는 모래밭. 배를 타고 가다보면 그 사막이 나온다는 점이 나를 더 설레게 했다. 섬에도 해수욕장이 있어 제법 널찍한 모래밭을 걸어볼 수는 있었다. 하지만 바다가 훨씬 넓게 펼쳐져 있어서 사막의 느낌은 전혀 풍기지 않았다.

그런 이유들로 중학교 이학년 때 국립해양대학을 목표로 점찍었고 그 참에 어머니의 두뇌가 과감하게 회전했다. 몇 년간 기다렸으나 남편은 돌아올 기미도 보이지 않으니 큰아들놈의 공부를 위해서라도 이사를 가자, 다짐을 한 것이다. 어쩌면 돌아오지 않는 남편 쪽으로 조금이라도 더 가까이 가고 싶은 마음이었는지도 모르겠다.

결과적으로 잘된 거였다. 항구의 아이들은 섬 아이들에 비해 공부에 적극적이었고 그게 새로운 환경이 되었다. 어머니는 해산물 가공 공장엘 다녔고 나는 공부만 했다. 해양대학만 가면 섬을 지우고 가난에서 벗어날 수 있을 테니까.

결혼생활은 나에게는 만족스러웠다. 휴가를 나오면 아내와 집은 어디 안 가고 있던 곳에 그대로 있었다. 우리는 맛있는 것을 먹으며 어디든 함께 다녔다. 비유가 좀 그렇긴 하지만 오 일 굶은 사람이 반나절 음식 섭취를 허락받고 내리 일곱 끼를 먹는 형국이라고나 할까. 선원들이 가장 많이 사는 곳이 부산항이다. 승선과 하선에 용이하고 선박회사에 대한 정보가 쌓이는 곳이기 때문이다. 그곳에는 이런 말이 내려온다. '자갈치시장에서 중년 남녀가 손잡고 다니면 선원 부부다.'

그러나 일상이 되풀이되다보면 점점 식상해지고 잠복해 있던 갈등이 터져나오기도 한다. 나의 자유는 상대의 부재를 통해 보장되는 것이기도 해서, 서로의 행적에 대한 의문이 없을 수는 없다. 홍콩 입항했다는 날 전화도 안 하고 상륙한 이유나 진한 화장에

선글라스 끼고 어디 가더라는 사소한 정보 하나 가지고도 싸우는 커플이 생긴다. 사람이니까. 거기에다, 함께 사는 기간이 짧다보니 마찰에 의해 닳아지는 면도 부족하기 마련이다.

나는 한 번도 아내를 의심해본 적이 없다. 매번 비슷한 복장에 같은 표정, 같은 말투, 같은 행동으로 늘 그 자리를 지키는 사람이라서 이상한 생각은 조금도 들지 않았다. 이것도 부끄러운 고백이지만, 아내에게는 그런 능력이 없을 거라고 여긴 것이다. 매번 아내를 의심하는 것만큼이나 사실 비정상적인 마음이었다.

두 달이 지나면 또 출항하게 된다. 사람과 사람은 헤어지기 직전 강력하게 정이 든다. 나도 고스란히 그 전철을 밟았다. 휴가 막판이면 관계의 진부함이 사라져버리는 것이다. 출발하는 순간부터 극단의 외로움으로 가득찬 세계가 똬리를 튼 채 기다리고 있다는 것을 알고 있으니까. 떠나기 며칠 전부터는 우리는 꼭 껴안고 잤다. 세상에서 가장 무서운 것은 외로움이니까.

일등항해사가 면담을 요청해온 적이 있었다. 밤늦은 시간 우리는 이야기를 나누었다. 그는 결혼 오 년 차로 승선 전 심하게 부부싸움을 했었다. 그가 말했다.

"진짜로 죽어버렸으면 좋겠다고 생각할 정도였습니다."

싸운 이유는 여느 부부와 다르지 않았다. 흔히 성격 차이라고 말하는 것들. 외식 시간과 메뉴, 시가와 친정에 방문하는 횟수, 영화 선택, 쓰레기 버리거나 밤중에 애가 울 때 누가 일어나느냐의

문제, 아침식사의 찌개 종류, 드라마 캐릭터에 대한 의견 차이 같은 것들. 성격이라기보다는 몸에 밴 습관. 버릇. 그게 부딪치면 싸움이 된다. 미세한 균열이 댐을 무너뜨리듯 말이다. 버릇은 운명을 만들 정도로 강력한 힘을 갖고 있다.

선박 사고도 마찬가지다. 쓰나미 같은 거대한 파도가 원인일 확률은 아주 낮다. 대신 사소한 것들이 주원인이 된다. 한순간 항해사가 시야를 놓쳤을 때, 기관사가 무심코 유압밸브를 반대로 돌렸을 때, 갑판원이 환기를 시켜야 한다는 사실을 잊고 카고에 들어갔을 때 같은 것들.

다시 그의 말이다.

"승선하러 오는 순간까지 싸웠어요. 그리고 다짐했죠. 이번 근무 끝나면 기필코 이혼하고 말 거다. 죽었으면 죽었지 같이 살지 못하겠다."

그러나 그의 얼굴에는 다짐이나 의지 같은 게 보이지 않았다.

"그런데, 보름도 채 안 됐는데, 보고 싶어지는 거예요. 얼굴이 자꾸 떠올라서 일도 손에 안 잡힙니다. 죄송합니다, 선장님. 초사일등항해사가 이러면 안 되는데."

배에서 일등항해사 역할은 막중하다. 그의 말대로 그 직책이 흔들리면 안 된다.

"제 마음이 이해가 안 돼요. 이게 사랑일까요?"

나는 사랑이라고 말했다. 갈등은 있지만 밑바탕에는 사랑이 깔려 있어서 그런 것이다, 보고 싶은 게 사랑 아니면 도대체 뭐겠는가, 라고. 하지만 설득력이 없다는 것을 나도, 그도 알고 있었다. 사랑이라는 단어 하나로 싸잡아 정의 내려버리면 무언가 무기력해진다. 우리는 늘 이런 것이 헷갈린다. 같이 있으면 싸우거나 진부한데 떨어지면 그리운 대상. 그 괴리를 어떻게 설명해야 할까. 그것을 사랑이라고 불러도 될까. 사랑이 아닐 리는 없는 것 같은데 그리우니 사랑이다, 말해버리면 무언가 부족한 것 같은 기분은 왜 드는 걸까.

사흘 뒤 이번에는 내가 그를 불렀고, 술을 따라주었고, 지금은 어떤 기분이냐고 물었다. 그는 이렇게 대답했다.

"제가 그리워하는 것은 집사람이 아니라 체온이라는 생각이 들더군요. 익숙한 체온. 어쩌면 우리는 그런 것을 사랑이라고 말하며 속고 사는 것 같아요."

"……"

"어제 사과 메일을 썼습니다. 근데 선장님한테 오기 직전에 확인해봤는데 아직 답장이 안 왔더라고요."

그는 씁쓸하게 웃었다. 언뜻 듣기로는 이기적이지만 틀린 말 같지는 않았다. 사랑이라는 개념을 제거하고 보면 가장 그리운 사람은 익숙한 체온을 가진 존재다. 월급을 건네주고, 섹스를 하고, 밥을 먹고, 때가 되면 헤어지고, 다시 쓸쓸해지면서 그리워하게 되는 존재. 선장실 달력에 사인펜으로 가장 굵게 동그라미를 친 숫자도 아내를 만날 날이었다. 그러면 내 그리움의 대상은 아내 자체였을까, 체온을 가진 익숙한 타인이었을까.

배에서는 늘 아내가 보고 싶었다. 우리나라에서 가장 멀리 떨어져 있을 때 아내는 가장 멋지고 아름답고 섹시한 존재가 된다. 그러나 부산이나 인천에 다가갈수록 바뀐다. 근사한 존재가 눈가에 주름이 생긴 평범한 아주머니로 변해간다. 이제 곧 만난다는 것을 알고 있기 때문이다. 환상은 줄어들고 사실감이 커진 것이다. 하지만 보고 싶다는 생각은 여전하다. 아름다운 존재에 대한 막연함이 익숙한 존재가 줄 친밀에 대한 기대로 변하는 것이다. 그런데 그게 사랑일까.

사랑이라는 게 눈 코 입 귀 다 있는 분명한 형체면 얼마나 좋을까. 사람의 마음 중에 가장 분명한 것은 미움이고 가장 모호한 게 사랑이다. 그 모호함 속에서 진자운동처럼 관계와 일상은 되풀이 된다.

딸아이가 결혼을 하겠다고 했을 때 나는 본격적으로 은퇴 이후를 설계하기 시작했다. 별다른 것 아니다. 여행, 전원생활, 텃밭, 강아지 정도였고 그러기 위해서 먼저 아파트를 처분하고 도시 외곽 단독주택으로 옮기는 거였다.

집안 대소사에 참석한 것은 딸 결혼식이 유일했다. 딸이 태어나고, 백일이 되고, 돌이 되고, 입학을 하고, 다시 졸업과 입학을 되풀이할 때마다 나는 바다에 떠 있었다. 장인어른이 뇌출혈로 쓰러졌을 때 아프리카 남단 희망봉을 지나고 있었고 어머니가 심근경색으로 죽었을 때는 남대서양 복판에 있었다. 그때마다 아내와 통화를 한 게 전부였다.

휴가 기간에 맞추어 아이들은 예식 날짜를 잡아주었다. 드레스를 입은 딸은 아름다웠다. 하지만 그 모습을 보며 부드럽게 웃음 짓고 있는 아내는 더 인상적이었다. 한복 맵시가 색달랐고 올림머리를 한 자태는 낯설 정도로 우아했다. 나는 그녀가 울 거라고 생각했는데 아니었던 것이다.

일단은 어린 딸을 성공적으로 키워놓은 어머니의 모습으로 보였지만 그것만으로는 설명이 부족했다. 뭐랄까, 난 원래 이런 존재야, 라며 한 여인으로서의 분명하고 독립적인 모습을 드러내고 있었다고 할까. 이 사람이 이렇게 예뻤나, 하는 생각이 떠나질 않아서 아내를 자꾸 힐끗거렸는데 느닷없는 그 발견은 우리 사이에 어느 정도의 거리감마저 만들어놓고 있었다. 그동안 그녀의 성장 차림 볼 기회가 없었다는 걸 깨달은 건 나중이었다.

멀어진 사람은 근사해진다. 낯선 느낌 때문에라도. 그러니까 비로소 아내가 아닌 한 여인을 발견한 듯했던 것이다. 사람이라는 게 알고 있는 것과는 정말 다르구나 하는 생각마저 새삼 들었다. 익숙한 존재 속에 숨어 있는 신비한 공간을 발견했다는 자각이랄까.

그 느낌은 어쩌면 이것과 연관이 있을지도 모르겠다.

그로부터 몇 달 전, 아내는 배를 함께 탔었다. 배에 여자를 태우지 않는다는 근거 없는 금기는 사라진 지 오래되었고 회사에서도 배우자, 약혼자와는 승선을 허락한 지가 이십 년도 넘었다. 배는 여성 한 명만 있어도 분위기가 부드러워지는 효과가 생긴다. 하지만 일정 한번 맞추기가 쉽지 않았다. 오랫동안 기회를 보아왔는데 마침내 맞아떨어진 거였다.

아내는 부산에서 승선하여 이십일 일 뒤 두바이에 내려 비행기로 돌아갔다. 외국 여행이 처음이었다. 그녀는 방 청소를 했고 함께 선교에 서 있거나 윙 브리지에 나가 있기도 했다. 식사시간 뒤에는 쿡을 도와 설거지도 했다.

홍콩에 정박할 때 함께 홍콩 아일랜드와 침사추이 해변공원에 갔었다. 아내는 장국영 핸드프린트 앞에서 부끄러운 듯한 표정을 지었다. 어쩌면 그녀는 장국영을 사랑했을 것이다. 빅토리아 파크는 가지 못했지만 다행히 저녁 여덟시에 출항하게 돼서 흘러가는 홍콩의 야경을 보며 감탄하기도 했다.

싱가포르에서는 센토사섬에 갔다. 아내는 머라이언 석상을 거쳐 오키드 가든을 걸으며 즐거워했고, 불도장을 먹어보라는 말에 손사래를 치고 나서 오리구이 덮밥을 먹었으며, 언더워터월드 수족관을 들렀다.

그리고 남중국해와 해적 출몰로 유명했던 믈라카해협을 보았다. 해협을 지나면 인도양이 시작된다. 수심 사천 미터 울트라마

린의 바닷물을, 돌고래떼의 춤사위를, 혹등고래의 헤엄을, 날치를 잡아먹기 위해 다이빙하는 새들을 보았다. 노을과 밤하늘 별도. 그럴 때마다 아내는 탄성을 질렀다. 그래서 두바이에 도착했을 때 이렇게 말할 줄 알았다.

'맨날 멋진 구경 하면서 그냥 타고 있으면 되는 거였네. 이제 고생한다는 말 하지 마.'

술자리에서 종종 들었던, 아내를 태워본 동료들의 증언이 그러했다. 단 한 번 타본 입장에서는 충분히 그럴 수 있다. 더군다나 파도도 없이 내내 잔잔했었다. 하지만 내리기 전날 그녀는 이렇게 말했다.

"배 타는 게 지루할 거라는 것은 짐작했지만 이 정도인 줄은 정말 몰랐어."

"……"

"이런 시간들을 그동안 어떻게 견뎠어?"

순간 현기증이 나듯 마음이 아득해지고 말았다. 이런 더위에 어떻게 살 수 있지? 말을 듣고 갑자기 더위를 느끼는 것처럼, 밥도 안 먹고 뭐해, 소리에 강렬한 허기를 느끼는 것처럼 말이다.

지금까지 나는 항해에 관하여 사이사이 이야기했었다. 북극과 남극해 빼고는 안 가본 곳이 없으니까. 항해는 먼 곳의 항구를 찾아가는 행위다. 이번 항구 선석船席에서 배를 떼는 순간 아주 먼 곳의 항구가 도착점이 된다. 가깝게는 이틀, 길게는 보름 넘게 걸린다.

하지만 목표점이 항구였을까. 그런 느낌은 들지 않았다. 항구는 멀었고 선수가 향하고 있는 곳은 날마다 같았다. 잔잔하거나 파도가 높거나 비가 오거나 눈보라 치거나 눈앞에는 단 하나, 수평선만 있었다. 늘 그곳을 향해 갔고, 그 외에는 없었다.

수평선에는 절대 닿지 못한다. 그러니 항해는 영원히 닿지 못할 곳을 향해 나아가는 일이기도 했다. 저기 보이는데, 계속 보이는데 다가가보면 그만큼 멀어진 상태로 매 순간 존재하는 것. 그림자를 만지고 싶어하는 소년의 손. 보름달을 향해 뻗는 소녀의 손가락. 굴러떨어지는 시시포스의 바위. 물을 찾아 헤매는 탄탈로스. 사막으로 걸어들어가는 밀항자. 적도 무풍지대에서 바람을 기다리는 범선. 백열전구를 입으로 불어보는 꼬마. 내가 죽어야지, 하면서 우황청심환 껍질을 벗기는 노인. 반대편 고속열차에 올라타버린 노파. 늘 문밖으로 향해 있던 어머니의 눈. 이렇듯 답을 찾지 못하는 물음들이 있었고, 나에게 있어서 그 대상은 수평선이었다.

그러니까 항해일지에는 09시 00분 현재, 키프로스 남쪽 157마일, 속도 23노트, 날씨 흐림…… 이렇게 기록되지만 내 마음속에는 09시 00분, 23노트로 수평선을 향해 가다. 12시 00분, 22.5노트로 수평선을 향해 가다. 16시 30분, 23노트로 수평선을 향해 가다…… 이렇게 각인되어 있다. 그것의 수없는 되풀이였다.

긴 시간이 지나면 끝내 항구가 나타나기는 한다. 땅냄새가 나고 이윽고 갠트리 크레인과 사람의 집과 도로와 자동차가 보인다. 잠시 수평선에서 해방된다. 살 것만 같다. 하지만 짐을 부리고 싣고 출발하면 기다렸다는 듯 횡으로 누운 거대한 일직선이 다시 나타났다. 한 번도 예외 없이.

그것은 공포이기도 했다. 한 가지 병을 앓고 나면 그다음 찾아오는 질병, 때 되면 예외 없이 엄습하는 배고픔, 하루도 빠짐없이 잠을 자지만 여지없이 밀려드는 졸음, 반복되는, 덥거나 추운 계절, 흥겨운 파티 뒤의 쓸쓸함, 헐떡거리며 모퉁이를 돌면 떡하니 나 있는 새로운 길과 같은. 육지의 길은 높거나 낮고 크거나 작은 것들이 풍경을 이룬다. 그러나 바닷길에는 돌멩이 하나, 표지판 하나 없다.

물론 해양대학 시절 이미 수평선까지의 거리에 대해 배웠다. 피타고라스의 정리에 지구 반지름과 바라보는 눈높이를 대입한 계산법 말이다. 계산대로 하면 40미터 높이에서 보는 수평선까지의 거리는 대략 22.5킬로미터다. 더군다나 수평선은 타원형의 지구 바다와 내 시각이 만나는 한 선일 뿐이다. 하지만 그런 것은 항해 교본에 쓰여 있는 것이다. 지식과 심정은 서로 어긋날 때가 있다.

아내는 그것을 단 한 번의 항해로 들여다봐버린 것이다. 그것과 느닷없이 발견한 아내의 근사함이 어떤 관련이 있는지는 말하기 어렵다. 그냥 마음속에서 저절로 연결이 되었다. 거기에는 지금껏 아내를 잘 몰랐다는 자각과 새로이 알아가는 만큼 그녀가 낯선 사람이 되어간다는 딜레마가 포함되어 있을 뿐이었다.

6

다음날 아이는 배를 타보고 싶어했다. 희망은 합당한 것이어서, 왕자의 명령을 들은 늙은 신하처럼 나는 공손하게 고개를 끄덕였다. 어느 누구라도 섬에 오면 배를 타보고 싶어한다. 바다를 가장 가깝게 느낄 수 있는 방법이 배를 타는 것이니까.

마을 선착장까지는 이십 분 정도 걸어야 했다. 아이는 집을 나서기 무섭게 동백과 예덕나무에 깊은 관심을 보였다. 그리고 보리장과 구실잣밤, 유도화나무에 대해서도 질문을 했다. 동백과 보리장에 대한 대답은 길었고 나머지는 짧았다. 아는 게 별로 없었기 때문이다.

나무뿐만이 아니었다. 개쑥부쟁이, 씀바귀, 고들빼기 따위를 보이는 족족 만져보고 쓰다듬어보았다. 면사무소에서 관상용으로 심어놓은 개양귀비까지도 궁금해했다. 그는 한번 궁금해지면 지치지 않았다.

선장실에는 늘 화분이 놓여 있었다. 바다에서 사는 사람들은 본능적으로 흙과 수목에 끌린다. 휴가 맞은 선원들이 일제히 등산을 하는 이유도 그것이다. 바닷가는 절대 찾아가지 않는다. 가장 반대되는 곳으로 찾아가는 것이다. 오래도록 혼자서 우주를 떠돌았다니 아이가 생명체에 관심을 보이는 것은 충분히 이해할 만했다. 그렇지만 이 에너지는 도대체 어디에서 오는 것일까.

"아저씨는 풀이랑 나무가 아주 많군."

"내 것이 아니야."

"하긴 이렇게 많다면 관리하기도 어렵겠어."

"그렇지. 사람은 자기 밭의 작물들만 관리해."

"저기 저것은 어떤 나무야?"

"……오늘은 배를 타기로 했으니까 배를 타자."

이십 분 거리가 한 시간 넘게 걸려버렸다. 선착장에 도착하자 지나가거나 앉아 있던 사람들이 말을 멈추고 우리를 쳐다보았다. 당장 머리카락 색깔이 눈에 띄었으니 그럴 만도 했다. 나는 담담하게, 인사도 생략한 채 배에 올라 엔진을 살리고 묶어놓은 줄을 풀었다. 아이는 배의 벽면에 기대앉아 지켜보았다.

"비행기하고는 정말 다른데?"

"그렇지. 그것은 하늘을 나는 것이고 이것은 바다를 돌아다니는 것이니까."

"자꾸 몸이 흔들거려."

선착장을 빠져나온 배는 브이 자로 물살을 가르며 바다로 나갔다. 선착장에서 우리를 바라보던 이들도, 마을도 멀어졌다.

모든 존재는 한 가지씩 특징이 있다. 배는 하늘을 날지 못하고 비행기는 항해를 하지 못한다. 텔레비전은 밥을 할 수가 없고 세탁기는 음악을 재생하지 못한다. 불은 나무를 태우고 물은 그 불을 끈다. 아이는 우주를 돌아다녔고 나는 몇만 톤짜리 배를 몰고 항해를 했다.

저만치 지나가는 낚싯배가 고동 소리를 냈다. 후배가 인사를 하는 거였다. 손을 흔들며 나는 웃었다. 지금 어떤 손님을 태우고 가는지 꿈도 꾸지 못할 것이다. 하지만 그도 같은 생각일지 모른다. 그의 배에 조금 전 안드로메다에서 도착한, 문어나 꽃게처럼 생긴 외계인이 타고 있고 그것을 자랑하고 싶어 고동 소리를 냈는지도 모를 일 아닌가. 바보 같지만, 생각이란 이렇듯 터무니없이 번지는 특성을 갖고 있다. 그리고 이런 말도 안 되는 상상의 특징은 또한 곧바로 잊혀진다는 데에 있다. 나에게는 터무니없는 일이 실제로 일어났는데도 말이다.

역시나 바다를 대하는 아이의 집중은 남달랐다. 섬 뒤편 무인도가 가까워질 때까지 짧지 않은 시간 동안 같은 자세로 앉아서 바다를 바라보고 더 바라보고 또 바라보았다. 깊은 응시라는 것을 느낄 수 있었다. 마치 수백 년 동안 사막에서만 살아온 사람이 물을 만난 듯이. 젖고 싶은 사람처럼. 생텍스의 다른 책 『인간의 대지』에는 이런 내용이 있다.

사하라사막에서 생텍스는 몇몇 모르Maure인과 친해진다. 물이 귀한 곳에서 살기 때문에 나무를 발견하면 눈물을 흘리는 부족이었다. 아이들이 물을 달라고 하면 이렇게 말한단다.

'착하게 굴면 주마.'

그런 그들을 사부아 지방의 커다란 폭포로 데려가주었다. 으르렁대는 기둥을 꼬아놓은 것 같은 물기둥 말이다. 시간이 좀 흐른 다음 안내인이 말했다.

"그만 갑시다."

그들은 넋이 나간 채 폭포를 바라보며 대답했다.

"좀더 있게 해주시오."

"무엇을 더 보겠다는 겁니까. 갑시다."

"기다려야죠."

"무엇을 기다려요?"

"끝을."

그때 생텍스는 이렇게 써놓았다.

'거기에 신神이 있었다.'

마치 그 장면 같았다. 그랬을 것이다. 사막의 부족이 찾아 헤매는 신이라면 쉬지 않고 쏟아지는 폭포수 말고 어디에 존재하겠는가. 태풍에 휘말린 뱃사람들의 신이 항구에 있듯이.

갑자기 아이가 선체 바깥으로 깊숙이 몸을 숙이고는 바닷물에 손끝을 담갔다. 보통 크기의 어선에서는 그런 짓을 할 수 없다. 배가 작아서 그나마 가능했지만 그래도 위험한 짓이었다. 나는 원님을 태운 사공처럼 전전긍긍하며 속도를 늦추어주었다. 아이는 왼손으로 난간을 짚고 유연하게 몸을 일으킨 다음 손끝에 묻은 바닷물을 만지작거렸다.

"보통 물과 같네. 푸른 색깔도 없어지고."

"대신 맛이 짜. 소금이 많거든."

엔진 소리가 잦아든 덕에 우리는 대화를 할 수 있었다. 아이는 손가락 끝에 혀를 대보더니 고개를 끄덕였다.

"이런 바닷물을 본 적 있니?"

"없어. 말했잖아, 바다에 대해 말만 들었지 본 건 처음이라고."

"맞아, 그랬지."

"바다 같은 게 있는 행성은 가본 적 있어. 보라색 별이었는데 이런 모습을 보기는 했어. 하지만 그건 바다는 아니야. 유황 냄새가 아주 많이 났거든. 이렇게 푸르지도, 찰랑거리지도 않았어."

"그랬구나."

"이곳 바다는 보고 있기만 해도 좋아. 어떻게 이렇게 많은 물이 이렇게 맑고 파랄 수 있지."

나는 공연히 흐뭇해졌다. 외지 사람이 찾아와 뒷산 소나무만 칭찬해도 마음이 흐뭇해지는 법이니까. 새삼스럽게 그 소나무가 쳐다봐지듯 평소와 다름없이 출렁이고 있는 거대한 액체 덩어리에 눈이 갔다. 딸아이 결혼식장에서 아내를 자꾸 훔쳐봤던 감정과 비슷하다고 할까.

나는 무인도 세 군데를 돌기로 했다. 이 손님에게 바다를 보여주려면 지구를 한 바퀴 도는 게 가장 좋을 일이다. 선장일 때 만나지 못한 게 유감이었다. 내가 태웠던 손님은 아내가 유일했다.

첫번째 무인도가 다가왔다. 충분히 감상할 여유를 주기 위해 더욱 속도를 늦추어 부드럽게 섬을 돌았다. 튀어나오고 들어간, 돌출되고 꺼진 해식애가 연달아 나타났고 그 사이사이에 뿌리내린, 가지가 한쪽으로만 자란 나무와 풀이 가까이 왔다가 서서히 밀려났다.

그다음 찾아간 바위섬은 너무 작은 곳이라 나무와 풀은 전혀 없었다. 간조대에 삿갓조개와 거북손, 작은 홍합만 가득했다. 잔파도가 그것들 위에서 부드럽게 부서지고 있었다. 세번째 무인도까지 돌고 나서 적당한 곳에 닻을 내렸다. 닻 던지는 소리에 갯바위 사이에서 흰 물새가 날아올랐다. 엔진을 끄자 저만치 밀려나 있던 고요함이 우리를 감싸안았다. 아이가 말했다.

"섬들이 꼭 작은 별들 같아."

사막이 아름다운 이유에 대한 생텍스의 말처럼 바다도 그렇다. 바다가 아름다운 이유도 이처럼 작은 섬들을 곳곳에 마련해두었기 때문이다. 정말이다. 항해를 하다가 아주 작은 섬 하나만 봐도 얼마나 반가운데. 우주도 마찬가지다. 별들이 없다면 어떻게 밤하늘이 아름다울 수 있겠는가. 눈 둘 곳이 어디에 있겠는가.

"저 새는 마치 너처럼 그 별들을 여행하는 것 같고."

멀리 날아가는 흰 새를 가리키자 아이는 웃었다. 아이가 웃으면 내 마음이 좋았다. 햇살은 포근했고 간혹 산들바람이 불어와 머리카락을 흔들었다.

"이 바닷물은 어떻게 해서 생긴 거야?"

"우주에서 날아와 부딪힌 별에서 왔다고도 하고 맨틀에서 나왔다고도 하는데 과학자들도 정확히는 모르는 것 같아."

"이 속에 아저씨가 그려준 물고기가 살아?"

"응."

"그럼 낚시라는 것을 해봐."

나는 아차, 싶었다. 낚싯대 가지고 올 생각을 못했던 것이다.

"어떡하니. 낚싯대를 깜빡했지 뭐야."

"보고 싶었는데. 해보고 싶기도 하고."

"미안하다."

"어쩔 수 없지. 근데 그렇게 이상하게 생긴 애만 있는 거야?"

"아냐, 많아. 셀 수 없이."

이래저래 민망한 마음이 밀려왔다. 생텍스처럼 그림을 잘 그려줄 수 없다면 낚시라도 직접 하게 해주면 좋았을걸.

"보이지 않는데?"

"저 깊은 곳에 있을 테니까."

"얼마나 깊어?"

"그건 잘 몰라."

"바다 옆에 살면서도 몰라?"

"안 가봤거든."

아내와 함께 갔던 싱가포르의 수족관을 떠올리며 나는 부끄러움까지 느꼈다. 바닷속에는 어렸을 때 물놀이하려고 들어가본 게 전부였다. 다른 애들은 오 미터 들어가는데 나는 이 미터 정도가 고작이었다. 그나마 저 깊은 곳에서 뭐라도 튀어나올 것 같아 매번 무서웠다. 항해와 잠수는 전혀 다른 차원이긴 하지만, 평생 배를 몰고 다니면서 수면 아래로는 고작 이 미터밖에 못 들어가봤다는 데에는 확실히 부끄러운 면이 있었다. 이래가지고 바다를 잘 알고 있다고 말할 수 있겠는가.

"정말? 왜?"

"안 배웠으니까."

"배워야 하는 거야? 지구인들은 바닷속으로 못 들어가는 거야?"

"우리는 땅 위에서 살도록 진화되어왔는걸."

"그것은 좀 이상하군."

나는 부끄러움을 만회하려고 가장 잘 알고 있는 항해에 대해 이야기했다. 다섯 개의 넓은 바다와 여섯 개의 큰 땅덩어리. 건포도처럼 띄엄띄엄 박혀 있는 항구와 그곳에서 만난 이색적인 사람들, 건물, 옷차림에 대해. 그런데 이야기하다보니 역시나, 이 별의 표면만 돌아다녔던 사람이라고 자백하는 꼴이 되어버렸다.

"배는 이렇게 계속 흔들리는 모양이지?"

"그럼, 그게 바다의 특징 중 하나니까. 그래도 잔파도라서 다행이다. 멀미는 안 하니?"

"그건 뭔데?"

"흔들리다보면 머리도 아프고 속도 안 좋고 그렇거든."

"지구인들은 그래?"

"응. 나처럼 배를 오래 탄 사람도 그래."

"참 특이해. 그러면서도 이런 배를 만들고 말이야."

그는 배에 대해 더 질문했고 구조와 항해 원리에 대해 집중하여 들었다. 비행기는 프로펠러가 앞에, 배는 뒤에 있다는 사실을 인상 깊어했다. 오후 해가 이울고 별이 뜰 때까지 그러고 있었다. 집에 돌아가기 싫었다.

별이 뜨자 우리는 지난밤처럼 갑판에 누웠다. 태평양이나 인도양만큼은 아니지만 별은 점점 더 많아졌다. 날이 맑아서 다행이었다. 시간이 갈수록 더 많아지고 눈이 익숙해지면서 더더욱 많아졌다. 잔파도 소리만 들렸다.

아이는 계속 침묵했다. 또다시 자신의 별을 떠올리고 있는 게 분명했다. 집으로 갈 수 없는 나그네는 처량맞은 신세가 되기 마련이다. 나도 얼마나 오랫동안 집을 그리워했던가. 침묵을 못 견디는 쪽은 나였다.

"우리 지구에서는,"

목이 잠긴 탓에 가벼운 기침을 두어 번 한 다음 말을 이었다.

"사람이 죽으면 땅에 묻거나 불에 태우는데 영혼은 하늘로 올라가서 아름다운 별이 된다고 해. 그래서 하늘나라로 갔다고 표현하지."

"……"

"사실일까?"

"나는 몰라."

"넌 하늘에서 왔잖아. 그래도 몰라?"

"사람의 영혼이 우주로 와서 펑, 하며 별이 된다는 소리야? 난 한 번도 본 적이 없어."

"그래?"

"죽은 사람이 별이 된다는 것은 좋은 생각 같지는 않아. 여기서 보면 보석처럼 빛나지만 가까이 가면 그렇지 않으니까."

"그렇겠지. 가까웠던 사람이 영영 사라져버리는 게 싫어서 그렇게 말하는 것일 테니까. 너의 별이 누군가의 혼령일 리도 없고. 그래서 사람이 죽으면 별이 된다는 것을 나도 믿지는 않아."

내 말은 길어지고 있었다.

"진짜로 별이 된다고 해도 너무 멀어. 네가 못 가고 있는 것처럼. 멀면 무슨 의미가 있겠어. 눈으로 꼭 짚어 찾아내기도 어렵고. 차라리 죽은 사람은 반딧불이가 된다고 하면 좋겠어. 나방 같은 거래도 상관없어."

대꾸는 없었다. 나는 생각했다.

별이 안 된다면 죽은 사람들은 도대체 어디로 가는 것일까. 몸은 남는다. 그런데 그 몸을 움직이게 했던, 생각하고 느끼고 말하게 했던 마음은, 정신은, 영혼은 어디로 가버리는 것일까. 어떻게 그렇게 완벽하게 없어져버릴 수 있을까. 여기에도 없고 우주에도 없다면 어디에도 없는 것 아닌가. 그렇다면 지금 이런 생각을 하고 있는 내 마음이나 영혼은 무엇에 의해 생겨났고 왜 깔끔하게 사라지는 것일까. 단지 심장과 폐의 정지로 모든 게 끝나는 것일까. 마음이나 영혼은 뇌세포들끼리의 화학적 반응, 단지 그것일까.

"별은 말이야."

아이가 다시 입을 열었다.

"그것들끼리 일생이 있는 것 같아."

"……"

"별이 태어나는 것을 보지는 못했지만 죽는 것은 본 적이 있어."

"아."

"너무 감탄하지 마. 내 별처럼 작은 별이 그러는 것을 봤을 뿐이니까."

"상관없어, 이야기해줘."

바다에는 화물선이나 크루저 같은 큰 배만 있는 게 아니다. 그것보다 작은 화물선과 여객선도 있고 더 작은 어선, 그보다 더 작은 보트도 있다. 심지어 호수에 떠다니는 오리배까지 그 모두를 우리는 배라고 부른다.

"언젠가 흰 별 하나가 천천히 흘러왔어. 간혹 그렇게 왔다가 반대편으로 가버리는 애들이 있거든. 그런데 그 별은 속도가 아주 느렸어. 이젠 더이상 갈 여력이 없다는 듯이 말이야. 나이가 아주 많은 별 같았어. 구름 같은 것이 뿜어져나오는데 공포에 헐떡이는 것처럼 보였거든."

"가봤어?"

나는 죽기 직전 귀신 몰골에 기괴한 목소리로 기침을 토해내던 할아버지를 떠올리며 물었다.

"아니. 그것들이 오기 전이었는걸. 그래서 계속 바라보기만 했어."

"……"

"내 별에 가장 가까이 왔을 때 구름이 그 별을 감싸고 빙빙 돌더라구. 그 때문에 내 별도 반대편으로 세 바퀴나 돌았지 뭐야. 사흘 동안 반대 방향에서 노을을 봐야 했어."

"아."

"그리고 조금 멀어지는가 싶었을 때 한순간 부풀어오르더니 반짝 빛을 내뿜고는 사라져버렸어. 죽은 거야."

그는 쓸쓸한 표정을 지었다. 민들레는 민들레의, 날치는 날치의 수명이 있다. 호랑지빠귀나 장수하늘소, 흰개미, 하물며 컨테이너선에게도(뱃사람 세계에서 컨테이너선의 수명은 십팔 년으로 친다). 별 또한 그럴 것이다.

"마음이 참 슬펐어. 아저씨가 말한, 가까운 사람이 죽는 것과 비슷한 기분일 거야. 한동안 이웃이었으니까."

"그렇겠지."

"그때 난 휴화산 꼭대기에 앉아 그 별이 어디로 갔는지 골똘히 생각해봤어. 하지만 아무리 생각해봐도 알 수가 없지 뭐야."

"……"

"그래서 이렇게 생각했어. 죽은 별은 멀리 떨어져 있는 커다란 별에서 나와 비슷하거나 또는 꽃이나 바오밥나무 같은 것으로 다시 태어날 거라고."

나는 참았던 호흡을 길게 내쉬었는데 이어지는 말을 듣고는 숨이 다시 멈춰버렸다.

"어쩌면 그 별은 지구에서 사람으로 태어났을지 몰라."

나는 그대로 있었다. 사람이 죽어서 별이 되는 게 아니라 별이 죽어서 사람으로 태어난다고? 우주를 떠돌던 별이 할아버지처럼 헐떡이다가 공간과 차원을 넘어 지구에서 손가락 꼬물거리는 갓

난아이로 태어난다는 소리 아닌가. 생각도 못해봤던 것이다. 우리의 전생이 별일 수 있다는 게 말이 될까.

"여기는 내가 본 별 중에 가장 많은 사람들이 살고 있어. 그러니 죽은 별들이 모이는 곳일 수도 있잖아."

그동안 지구에서 살다가 죽어간 인류가 천억 명 정도 된다고 한다. 우주에서 존재하다가 사라진 별이 얼마 정도인지는 아무도 모른다. 그런데 그게 천억 개라면? 아내의 전생이 페가수스자리의 어떤 별이었고 내 전생은 전갈자리, 딸아이는 오리온자리의 별이었다면…… 나는 또 한번 아득해지고 말았다. 아이를 감싸안고 다닌다는 그것들은 혹시 과거에 살았던, 여행을 좋아하는 생명체들의 영혼은 아닐까.

사람들은 노래한다. 고향땅이 여기서 얼마나 되나. 푸른 하늘 끝닿은 저기가 거긴가…… 우리가 지치지도 않고 밤하늘 별을 올려다보는 이유는 고향 생각 같은 것이었나. 그래, 그럴 수도 있겠다. 여기서 태어나려면 어디선가 오긴 왔겠지. 그런데 우리가 별의 죽음 다음이라고 치면, 우리의 죽음 다음은 뭘까. 도대체 뭘까.

딸아이는 푸켓으로 신혼여행을 가고 며칠 뒤 나는 컨테이너선에 올라 동쪽으로 향했다. 일본 홋카이도와 혼슈 사이를 관통한 다음 쿠릴열도를 타고 올라갔으며 캄차카를 지나고 대권항로 따라 베링해를 가로지를 때 아내에게서 뜻밖의 메일이 도착했다.

며칠 전까지는 딸아이 결혼식 사진을 보내오면서 선우회선원으로 일하는 해양대학 동기들의 아내 모임 회동이 다가오는데 이번에는 빠지고 싶다, 오징어젓갈 양념을 바꿔보았는데 의외로 맛이 좋다, 진즉 해서 이번 출항 때 싸주었다면 좋았을 걸 그랬다, 따위의 내용이 들어 있었는데 그날은 달랐다. 정기검진에서 난소암이 발견되었다고 쓰여 있었던 것이다. 그것도 제법 진행된 상태로. 전화를 걸자 병실에서 받았다.

"확실한 거야?"

"혹 같은 게 살짝 만져진다고 초음파검사를 했는데 의심이 된대. 아까 저녁에 혈액검사 한다고 피 빼갔고 결과 봐서 MRI 찍어보기로 했어."

"이게 도대체 무슨 일이야."

"나도 어안이 벙벙해."

"그렇다면 그동안 아팠을 거 아니야?"

"좀 이상하다 했는데 민지 결혼식도 있고 결혼식 뒤가 정기검진이라 그냥."

메일 내용 이상의 것은 더 들을 수 없었다. 충격을 받은 나는 멍한 상태로 며칠을 보냈다. 아내와 매시간 멀어지고 있다는 사실이 마음을 더 괴롭혔다. 혈액검사에서 난소암 판정이 났고 MRI가 그것을 간명하게 확인시켜주었다. 3기라는 설명과 함께.

휴가와 동시에 대체 선장을 회사에 요청했지만 샌프란시스코까지는 꼼짝없이 배를 몰고 가야 했다. 시간이 한없이 늘어졌다. 터미널 선석에 배를 붙이고 인수인계를 끝내고 나서야 공항으로 달려갈 수 있었다.

열흘 만에 만난 아내는 또 한번 다른 사람이 되어 있었다. 샌프란시스코 공항으로 이동하던 중에 수술실에 들어갔으며 배 몰고 갔던 항적을 허공에서 되짚어 오는 동안 암덩어리를 잘라냈다. 병원에 도착했을 때는 마취에서 깨어나 중환자실에 들어가 있었다. 그녀는 생기 없는 눈빛으로 나를 올려다보았다. 입술도 바짝 말라 있었다.

일반 병실로 옮긴 것은 사흘 뒤였다. 선장실 대신 병실이 내 근무처가 되었다. 세상의 일들은 늘 미래에서 준비된 채 때를 기다린다. 느닷없이 그 상황을 만난 우리는 그것을 과거로 보내기 위해 애를 써야 한다. 모든 게 그랬다.

항암 치료가 시작되었다. 지켜보기에 참으로 지난하고 괴로운 과정이었다. 인간이 얼마나 망가질 수 있는지를 확인했다고나 할까. 아내는 참을성이 좋은 편인데도 매일, 매시, 매분, 매초 고통스러워했다.

딸아이가 뇌수막염에 걸렸을 때, 트럭에 치였을 때도 나는 그 옆에 없었다. 비명을 들으며 입을 앙다물고 말을 걸고 밥과 약을 먹이고 신음소리에 깨고 대신 아플 수 있기를 애절하게 원하는 일은 모두 아내의 몫이었다. 이제는 그 역할이 내게로 온 것이다.

서울과 경기도에 살고 있는 두 동생이 한 번씩 찾아왔고 딸네 부부는 날마다 들렀다. 그러거나 말거나 아내는 눈에 띄게 더 나빠져갔다. 하루가 다르게 살이 빠지고 두 눈은 자꾸 속으로 들어갔다. 조금이라도 먹거나 마시는 족족 토했고 짐승 울음 같은 신음소리를 냈다. 거기서도 나는 무능했다. 사람이 다른 사람을 위해 뭔가 할 수 있는 경우는 극히 드물었고 그 반대는 훨씬 많았다.

시간은 무겁고 아프고 느리게 흘러갔다. 시간 자체가 질병 같았다. 아내는 마약성 진통제 없이는 쪽잠도 자지 못했다. 날이 갈수록 손목도 눈에 띄게 가늘어지고 손가락 마디마디가 분명해졌다. 반지가 쑥 빠질 정도였다. 안 좋은 쪽으로 진행이 몹시 빠른 경우였다.

나는 고작 이런 말이나 되풀이했다. 당신하고의 여행 계획을 세웠어, 지리산 기억하지? 일단 거기를 가는 거야, 당신이 얼마나 멋있어졌는지 모르지? 이거 조금만 먹어봐, 꾸지뽕하고 삼백초 달인 거야…… 하지만 그녀는 고개를 끄덕이다가도 토했고 소리는 낮되 밀도는 높은 신음을 되풀이하여 내뱉었다.

2차 항암 치료까지 끝냈으나 아내는 곧바로 재발했다. 암세포도 정상 세포에서 나온다는데 차분한 사람 몸에서 이렇게 성질 급한 세포가 생길 수 있을까. 찾아온 병마가 원망스러웠고 계획과는 전혀 다른 방향으로 흘러가는 인생이 괴로웠으나 눈앞에는 신음하는 아내, 냉정하기 짝이 없는 병실 공기와 소독약 냄새뿐이었다. 난 끊었던 담배에 다시 손을 댔다.

비가 내리는 어느 날이었다. 진통제를 연달아 맞고 난 후 물방울 흘러내리는 창문을 바라보던 아내가 뼈만 남은 손을 슬그머니 밀어왔다. 나는 마주잡았다.

"당신 선장실."

"두바이 갈 때?"

"응. 오랫동안 생각났어. 네모난 방. 커다란 책상. 커튼 사이로 스며든 햇살."

"……"

"엔진 진동으로 떨림은 계속되고."

그녀는 호흡을 조절해가며 천천히 말을 이었다. 회상은 아무래도 아름다운 추억 쪽은 아니었다.

"커튼을 젖히기만 하면 나타나는 바다. 아무것도 없는 망망대해. 어제와 똑같은 배경…… 그 풍경처럼 그제 한 일을 어제 하고 어제 한 일을 오늘 또 되풀이하는 당신…… 꼭 정지된 시간 속에 갇혀 하루가 끊임없이 되풀이되는 것 같았어."

나는 무거운 마음으로 들었다. 그녀는 잠시 쉬었다가 이번에는 질문을 했다.

"다들 그렇게 산다지만 배는 정말이지…… 어떻게 견뎠냐고 물었을 때 당신은 대답을 안 했어."

"차마 대답이 안 나왔지. 당신이 그렇게 말할 줄 몰랐거든."

"힘들었지?"

"그렇긴 했는데."

눈가에 시큼한 기운이 돌았다. 빗방울이 유리문을 통과하여 들어온 것만 같았다.

"난 말이야."

"……"

"가장 절망스러웠던 게 수평선이었어."

아내는 고개를 돌려 나를 바라보았다. 빗방울은 야윈 얼굴에도 스며든 듯했다.

"왜?"

"아무리 열심히 가도 수평선은 늘 그 자리니까."

"원래 그런 거 아니야?"

"그렇긴 하지만 뭐랄까, 영원히 닿지 못할 곳을 향해 평생을 가야 하는 기분이 들어서."

"그렇구나."

그예 그녀 눈에서 눈물이 한 방울 흘러내렸다. 나는 남은 손으로 눈물을 닦아내며 되물었다. 목소리에도 비가 내리는 듯했다.

"당신도 있었을 거 아니야. 뭐였어?"

"나는."

그녀는 뜸을 들였다가 대답했다.

"저녁 여섯시 반부터 일곱시 사이, 아파트 주차장."

"주차장이 왜?"

"차들이 들어오잖아."

"……"

"그 시간이면 한가했던 주차장이 번잡스러워져. 다들 퇴근하고 집에 돌아오니까. 그리고 503호 벨소리가 들리고 504호 벨소리도 들리고."

아내는 물을 달라고 했다. 물 한 모금이 간신히 목구멍을 넘어갔다. 우리는 다시 손을 잡았다.

"506호 벨소리도 들려. 나 왔다, 하는 아빠들 소리. 아빠를 부르는 애들 소리…… 왔어요? 하는 엄마들 소리."

우리집은 505호였다.

"주차장에 차들이 들어오는 그 풍경이 가장 힘들었어. 당신이 없다는 것이 그때처럼 분명할까."

주체를 못하고 나는 아내의 가슴에 얼굴을 묻고 흐느꼈다. 문을 열고 들어온 간호사가 머뭇거리다가 되돌아 나갈 정도였다.

"내가 미안해. 잘못했어."

"여보."

"도대체 사는 게 이게 뭐야."

눈물은 억제되지 않았다. 잠시 뒤 아내가 가볍게 얼굴을 밀어냈다. 그리고 잡은 손을 풀더니 내 턱을 어루만졌다.

"수염이 많이 자랐네요."

그녀는 갑자기 높임말을 썼다. 대답은 울먹이는 상태에서 나왔다.

"수염이야 나중에 깎으면 되지."

"이제 배 그만 타요."

"그럴 거야."

"당신 덕에 우리 친정에도 정말 도움이 됐어요. 고마워요."

"그런 말 마. 이제 우리가 재밌게 살아야 하잖아. 민지도 결혼했으니 조만간 은퇴하려고 했단 말이야."

"우리에겐 그런 게 허락되지 않은 모양이에요."

"……"

"수평선이 당신에게 그런 것처럼."

"아니야, 당신은 나야."

"자신이 없어요. 느낌이 그래요."

그러고 나서 혼절하듯 잠에 빠졌다. 나는 떨면서 창밖만 바라보았다. 다음날 그녀는 정신을 차리지 못했다. 수시로 숨이 가빠졌고 산소 포화도와 맥박 모두 떨어졌다. 그때마다 담당 의사와 간호사가 뛰어들어와 주렁주렁 달려 있는 각종 링거에 이런저런 액체를 주사했다.

"당신 고향 섬에 한번 가보고 싶었는데."

가까스로 정신을 차린 아내는 간신히 그 말을 하고 나서 다시 혼수상태가 되었고 경련이 찾아왔다. 그리고 삐, 소리와 함께 침대 위에 붙어 있는 모니터에 일직선이 나타났다. 일정한 곡선을 그리던 심전도와 산소 포화도, 맥박 모두 반듯하게 펴져버린 것이다. 나는 거기서 눈을 떼지 못했다. 횡으로 누운 반듯한 일직선. 그것은 죽음이었고 동시에 또하나의 수평선이었다.

"17시 12분. 사망하셨습니다."

의사는 사망 선고를 내렸다. 일직선은 그대로 있었다. 그동안 봐왔던 것과는 전혀 다른 수평선. 아내는 그곳으로 가버린 듯했다. 안녕 난 이곳으로 가, 하는 것만 같았다. 우리 수평선에서 만나, 이러는 것만 같았다.

아내는 화장터에서 불타오른 다음 재가 되었다. 아파트로 돌아온 내 일과는 단순했다. 아침에 마을버스로 지하철역까지 이동한 다음 도시 끝에 있는 사찰로 갔다. 거기에 항아리로 거처를 바꾼 아내가 있었다. 조화로 장식된 유골 단지 옆에는 사진과 핸드폰이 놓여 있었다. 그 사찰은 그녀가 나의 무사 귀환을 위해 종종 찾아가서 백팔배를 했다는 곳이었다.

아내에게 인사를 한 다음 산신각 같은 곳을 배회하며 시간을 보냈다. 간혹 사람들이 와서 누군가의 이름을 부르며 울곤 했다. 산새도 울었다. 파도와 바람 소리가 들리지 않아서 아주 다른 세상 속으로 들어와버린 것만 같았다.

오후가 되면 다시 지하철을 타고 와서 식당서 밥을 사먹고 마을

버스로 돌아왔다. 그리고 텅 빈 공간 속에서 우두커니 앉아 있었다. 그녀의 죽음을 행정기관에 신고한 것 외에는 사십구재까지 한 짓이라곤 그것이 전부였다. 남들이 보면 불교 신자라고 오해할 만했다.

사십구재 때는 옷가지 몇 개와 신발을 태워주었다. 뜻을 알 수 없는 스님의 독경은 몇 시간이나 이어졌고 아내가 절을 했다는 대웅전에서 내가 절을 되풀이해야 했다. 그때도 산새가 울었다. 퇴직 신청은 곧바로 재가되었다.

지구 반대편에서 돌아오면 아내가 있었다. 그러나 이젠 어디에 간들 없다는 사실을 몇 분마다, 몇 초마다 깨닫게 되면서 그녀가 마지막에 보여준 수평선만 자꾸 떠올랐다. 여보, 불렀다가 아, 수평선으로 가버렸지, 하는 식이었다. 나와 달리 그녀는 단숨에 그곳으로 가버린 것 같기만 했다.

나는 태어났고 자랐고 버렸던 섬마을을 떠올렸고 돌아왔다. 다녔던 학교와 살았던 집터, 나무를 하러 다녔던 뒷산 길은 두어 번 찾아가보는 것으로 시들해져버렸기 때문에 수평선은 다시 내 배경이 되었다.

파동이 멈춰버린 일직선. 아내에게 허락되지 않은 은퇴 이후의 삶처럼 나에게 허락되지 않은 지점. 마치 그녀의 친정이거나 새로 시집이라도 가버린 곳인 양 나는 매번 그곳을 바라보았다. 그러다가 구입한 게 작고 낡은 이 어선이었다.

이제 찰랑거리는 물소리와 밤하늘 별만 가득했다. 아이는 손전등을 달라고 하더니 하늘로 향해서 불빛을 쏘아올렸다. 길게 두 번, 짧게 서너 번, 그리고 다시 길게 한 번.

"뭐하는 거야?"

"내 별에 신호를 보내는 거야."

"뭐라고 보냈는데?"

"나는 잘 있다고. 조만간 가게 될 것 같다고."

놀란 내가 별과 메시지를 주고받을 수 있느냐고 물으려는데 마음을 알았다는 듯 그가 말했다.

"그냥 보내보는 거야. 지금은 아무것도 할 수 없으니까."

그러니까 그것은 높고 깊은 산에서 누군가가 듣겠지 하는 마음으로 어이, 불러보는 것, 누군가 읽게 될 것을 희망하면서 빈병에 쪽지를 넣어 바다에 띄워 보내는 것과 같다는 소리였다. 이곳을 떠난다면 자기 별로 갈 수 있을까, 그것들의 의지에 밀려 또다른 행성으로 갈까. 일 초 뒤를 알 수 없는 것은 우리나 우주의 존재나 마찬가지인가.

"빛은 지구 중력보다 힘이 세니까 너의 별에 도착할 거야."

나는 좀 자신 없는 목소리로 대꾸했고 어떤 충동이 일어 손전등을 건네받은 다음 불빛을 수평선으로 쏘아 보냈다. 길게 두 번, 짧게 서너 번, 그리고 다시 길게 한 번. 아이와 똑같이.

"아저씨는 누구에게 하는 거야?"

"아내에게."

"……"

"이렇게 메시지를 보냈어. 당신 거기 어디쯤에 있지? 이 말을 꼭 하고 싶어. 이제야말로 당신을 사랑해. 체온은 없어졌지만 나는 당신을 정말 사랑해."

집을 잃어버린 슬픔과 배우자를 잃어버린 슬픔은 얼마나 닮아 있을까. 어떻게 답을 할 수는 없지만 집으로 갈 수 없는 사람의 마음을 짐작은 할 수 있었다. 항해사나 선장 시절 종종 집을 찾지 못하는 꿈을 꾸곤 했으니까. 배를 몰고 우리나라로 가는데 갑자기 낯선 바다가 나타난다. 위도와 경도도 처음 보는 숫자들이다. 그때의 당혹과 두려움.

또 있다. 부산항이 저만큼 보이는데 배가 제 마음대로 후진을 하는 것이다. 나는 당직 항해사에게 말한다. 너 지금 무슨 짓을 하고 있는 거야? 당직 항해사는 냉정하게 대꾸한다. 다음 항구로 가잖습니까. 저기 부산항이 보이잖아. 거기는 우리 항로가 아닙니다. 이 자식 왜 이래? 나는 부랴부랴 기관장과 해기사들을 호출한다. 한꺼번에 나타난 그들은 매서운 얼굴로 나에게 이렇게 말한다. 선장, 정신 차려. 내 등짝에서는 식은땀이 흘러내리고 다리가 후들거린다. 이러면 선상 반란 아닌가.

해적에게 당하는 꿈도 꾸었다. 해적이 문짝을 깨고 들어와 날카로운 정글 칼을 목에 댄다. 질긴 끈으로 팔목도 뒤로 묶는다. 나는 현금이 들어 있는 곳을 실토할 수밖에 없다(배는 비상 상황을 고려해 상당량의 달러를 가지고 다니는데 그들은 그것을 알고 있는 것이다). 그 상태로 주갑판까지 끌려내려간다. 선원들이 일정한 간격을 두고 따라오기에 자극하지 말라고 내가 소리친다. 해적선이 선미에 닿자 그들은 한 명씩 밧줄을 타고 내려간다. 칼을 든 놈이 마지막으로 나를 끌고 내려간다. 나는 밧줄 중간 부분에서 바다로 떨어지면서 소스라치며 깬다.

동기 선장이 겪었던 사연인데 나는 믈라카해협을 지날 때마다 그런 꿈을 꾸곤 했다. 오랫동안 믈라카에는 인도네시아 해적이 출몰했고 우리 회사 배들도 여러 번 당했었다. 심한 경우 배를 통째로 강탈당하기도 했었다.

가장 끔찍했던 꿈은 선원들이 나와 배를 해적에 팔아넘긴 것이다. 팔에 묶인 밧줄을 해적들이 끌어당기자 나는 무릎을 꿇고 가족에게 가게 해달라고 울면서 빌었다. 여섯 살 때 생긴 배짱이 그때는 작동하지 않았다. 깨어보니 눈가에 눈물 자국이 나 있을 정도였다. 그날은 선원들 얼굴 보기가 부끄러워 밥을 먹으러 갈 수 없었다. 집에를 갈 수 없다는 것은 그런 기분이지 않을까.

시동을 켜고 닻줄을 올린 뒤 우리는 돌아왔다. 꽃과 나무가 보이지 않았기에 집까지 금방 올 수 있었다. 조용한 바닷가에 두 사람 발소리만 부드럽게 울렸다. 대신 수많은 별들이 따라왔다. 수평선도 그랬을 것이다.

거실에 들어선 나는 찬장에서 술병을 꺼냈다.

"이게 뭔지 알아?"

"뭔데?"

"술이야. 예전에 술꾼을 만난 적 있지?"

"응."

"마셔볼래?"

"아니."

"이제 그 사람처럼 난 마실 거야. 용서해다오."

아이는 싱긋 웃었다.

"아내가 죽었다는 사실이 손님처럼 찾아올 때가 있어. 그러면 술이라도 마시지 않으면 견디기가 쉽지 않아."

"좋을 대로 해."

밤은 깊어갔다. 아이는 질문이나 대답을 하지 않을 때는 전혀 수선스럽지 않았다. 생텍스가 묘사한 왕자는 말이 많았다. 역시나 궁금증 때문에. 그동안 봐도 그런 편이었다. 하지만 이렇게 가만히 있으면 수선스럽지 않은 정도가 아니라 조용함 자체인 것처럼 보였다. 저절로 흘러나오는 무심한 품위는 궁금한 것 외에는 다 알고 있는 것처럼 보이게 했다. 알고 있는 사람은 조용해지는 법이니까. 어쩌면 팔십 년 동안의 여행이 더 깊은 수심과 침착함을 만들어준 것일 수도 있었다.

나는 무심코 오디오 버튼을 눌렀다. 다이어 스트레이츠의 〈Brothers in Arms〉가 흘러나왔다. 아이가 물었다.

"저 사람은 왜 말을 저렇게 해?"

"노래니까."

"노래?"

"노래 몰라? 넌 우물이 노래한다고 말한 적이 있는데?"

"내가 아는 노래는 그런 것들이야. 우물이나 바람이 나무를 스칠 때 나는 좋은 소리들."

나는 아, 했다. 아이 입장에서는 사람의 입에서 나오는 노래가 생소한 것일 수 있었다.

"생 아저씨한테 안 들어봤니?"

"응."

"하긴, 이런 이야기나 할 상황은 아니었겠지."

"……"

"음악이 뭔지는 알고 있지?"

"노래가 음악 아니야?"

"뭐, 같은 건데. 사람이 입으로 부르는 것을 우리는 노래라고 하고 그것을 포함한, 음……"

이것도 설명이 쉽지 않았다. 그리고 빤히 쳐다보는 아이의 얼굴을 바라보다가 나도 모르게 이렇게 묻고 말았다.

"우주엔 음악이 없니?"

이것도 서로 궁금해할 만한 것이었다. 그동안 밤하늘을 보면서 비슷한 생각을 자주 했었다. 저곳에 생물체가 있겠지. 이 질문에 대한 답은 이미 나와 있다. 과학자들이 말한 대로, 끝없는 우주 공간, 천억 곱하기 천억 개의 별에 생물체가 없다면 은하 구석 우리 지구는 얼마나 외로운 존재이겠는가. 얼마나 비정상적인 상태인가. 그리고 얼마나 이상한 배치인가. 사람은 죽어 있는데 발톱 근처 세포 하나만 살아 있는 것과 같으니까.

무엇보다도 소행성 B612호의 어린 왕자 같은 이가 있다고 생각하는 게 훨씬 행복하다. 더군다나 그 어린 왕자가 지금 나에게 와 있지 않은가. 그다음 궁금증.

그들에게 문자가 있을까. 있을 것이다. 중요한 사건과 대화를 기록하기 위해 그것은 만들어진다. 그들도 그럴 것이다. 최소한, 여름이면 강물이 범람하기 시작한다거나 아무개 종족이 이런 무기를 사용해 침범해왔고 두고 보자며 돌아갔으니 대비하라는 메시지를 남기기 위해서라도 필요할 것이다. 비록 지구의 천재 과학자 오백 명이 달려들어봤자 이해할 수 없다 하더라도.

그다음. 미술이 있을까. 있을 것이다. 그것도 문자의 또다른 형태 같은 것이니까. 강물에 빠져 죽은 친구의 얼굴이나 침범해온 종족의 무기를 나뭇가지로 땅에 그려보다가 동굴 벽면으로, 종이로 옮겨가면서 정교해지는 것이 그 장르의 특징이다. 그쪽 세계

그림이 초현실 정도가 아니라 초초초현실주의 작품 또는 삼차원 입체일지라도 있기는 할 것이다. 시각이 존재하니까.

그것뿐이겠는가. 음식이 있을까. 있겠지, 그들도 먹어야 사니까. 다른 생물체의 피를 빨아 마시거나, 돌멩이나 광물을 소화해내거나, 햇살 또는 어둠을 들이켜는 형태일지라도 있기는 할 것이다. 이 경우 우리가 흔히 떠드는, 사는 게 다 그렇지, 다 먹고살자고 하는 짓이지, 같은 푸념은 범우주적인 관용어구로 충분하게 된다.

옷도 있겠지, 누에를 치고 실을 뽑을 것 같지는 않지만 어쨌든 춥거나 창피할 수 있으니까. 섹스도 할까. 하겠지, 자식을 낳기 위한 생식은 필수니까. 설혹 손바닥을 서로 맞대는 식일지라도. 이 생각이 들었을 때 남이 보고 있는데 손바닥을 맞대는 짓과 우리처럼 으슥한 곳으로 가서 옷을 벗는 것 중에 어떤 게 더 민망할까 잠시 고민되기도 했다.

이런 궁금증은 끝없이 만들어진다. 손톱깎이는 있을까. 귀이개는 또 어쩌고. 이빨이 달려 있을까. 십이지장과 췌장을 가지고 있을까. 생식기와 항문은 어떻게 생겼을까. 생식과 상관없이도 성욕을 느낄까. 키스를 할까. 눈썹이 있을까. 전기는 있겠지만 가스레인지 같은 것도 사용할까. 양말과 신발은 있을까. 똥은 우리처럼 눌까. 그렇다면 그 똥을 어떻게 처리할까.

물을 마실까. 마시겠지. 그렇다면 컵을 쓸까. 병도 만들까. 종교가 있을까. 외계인들에게도 필요할까. 있다면 분파도 나뉠까. 분파가 나뉜다면 싸울까. 죽이기도 할까.

술이 있을까. 숙취도 뒤따를까. 춤을 출까. 파트너 때문에 오해도 생길까. 담배는? 그들도 술과 담배 가지고 말들이 많을까. 없다면 거기에 상응하는 재미있는 짓을 따로 할까. 노름도 할까. 다 잃고 나서 자살하기도 할까. 패가망신이라는 말도 있을까.

기온이 낮아지면 콧물을 흘리고 재채기를 할까. 우리처럼 약을 먹거나 주사를 맞을까. 탄생이 있었으니 죽음 또한 당연히 있을 텐데, 주검은 화장을 할까. 땅에 묻을까. 아니면 먹어치우거나 블랙홀로 보내버릴까(미래에 쓰레기를 처리할 최고의 장소는 블랙홀이라고 어떤 과학자가 말했다). 볼펜이나 만년필 같은 것을 쓸까. 파리나 모기 같은 것도 있어 귀찮게 할까. 그럼 파리채를 만들까. 결혼식을 할까. 패물도 할까.

그런 것들이 줄줄이 떠오르곤 했다. 말했었다, 항해란 아주 지루한 일이라고. 그러니 할 수 있는 모든 생각을 하게 된다. 그런데 이 생각은 한 번도 못해본 것이다.

거기에도 음악이 있을까?

조금 전 떠들었던 것들 중에 하나라도 없다면 아주 불편하다. 죽을 수도 있다. 하지만 음악은 아니다. 무엇보다 메시지나 사건의 기록을 남기기 위해 시작한 게 아니다. 악보는 단지 좋은 음률이 만들어지면 다시 연주하거나 부르기 위해서 만드는 것이니까. 좋지 않은 곡의 악보는 아무도 거들떠보지 않는다.

나무를 켜서 서로 잇대어 울림통을 만들고 가늘게 꼰 실 또는 철사를 연결한 다음 퉁기거나 켜서 듣기 좋은 소리가 나게 하는 게 현악기다. 건반악기 타악기 같은 것들도 있다. 목소리까지. 그 음들을 장단고저 변화를 준 다음 배열한다. 그게 음악이다. 생존과는 직접 상관이 없는데도 지구인들은 오랫동안 그 과정을 심화시켜왔다. 듣고 있으면 마음이 변화를 일으킨다는 이유 하나만으로. 그 음악이 우주에도 있을까, 없을까. 아이는 되물었다.

"음악이라는 게 따로 있어?"

"음, 이런 것인데…… 노래는 이런 음악을 이용해 말을 하는 것이고."

그렇다면, 하는 심정으로 나는 다시 오디오 앞으로 갔다. 강렬한 기대감이 몸을 휩쌌다. 그가 이해할 만한 음악을 고르고 싶어 서른 장 정도의 CD 중에 망설이는데 칼 세이건 박사가 보이저 2호에 바흐 음악을 실어 보냈다는 것이 떠올라주었다. 나는 단 하나 있는 바흐를 틀었다. 부드러운 첼로 음이 들리기 시작했다.

아이가 곧바로 집중을 해서 나는 기다렸다가 말을 이었다.

"주변에서 나는 소리와는 다르지?"

"응."

"음악은 뭐랄까, 너도 나와 같은 마음이면 좋겠어, 하면서 만들었다고나 할까. 느낌이 어때?"

"좋아."

"어디서 들어본 거 같아?"

"들어보지는 못했어. 그런데 익숙해. 부드러우면서 꼭 필요한 소리 같아. 마치 내 몸 안에서 나는 소리 같기도 하고."

"멋진 표현이야."

최초의 음악은 아름다운 새소리 같은 것을 흉내낸 것일 테다. 해를 끼치지 않는 것은 물론 듣고 있으면 마음이 싱그럽고 편안해지니까. 내 편 같기도 하니까. 문제는 사람이 원할 때 새가 울어주지 않는 데 있다. 그래서 만들기 시작했을 것이다. 하지만 소리의 특징 그대로 음악은 듣는 순간 사라져버린다. 문자와 그림은 손이 가는 순간부터 분명한 형체를 갖는데 이것은 그렇지 못하다. 조금 전의 '솔' 음을 들으려면 다시 건반이나 현을 건드려야 한다. 바흐는 계속 흘러나왔다.

집중하고 있던 아이가 입을 열었다.

"어떤 별에서 들었던 것과 비슷해."

"어떤 별?"

"이름은 몰라. 바람이 불고 구름은 소용돌이쳤는데 커다란 동굴에서 비슷한 소리가 들렸어."

"얼마나?"

"잠깐이야. 금방 떠났으니까."

"별에서 들었던 소리에 대해 더 이야기해줘."

나는 연거푸 두 잔을 마셨다.

"어떤 별에서는 휘파람 소리 같은 게 났는데 살아 있는 것처럼 느껴졌어."

나는 빠져들어갔다. 어쨌든 그런 소리가 있다면 음악이라고 불러도 될 만한 것이 있다는 것 아닐까, 싶었던 것이다.

"왜 났을까?"

"잘 모르겠어."

"이 음악은 첼로라는 악기를 켜는 소리야. 네가 들은 소리도 누군가가 연주했던 것일까?"

"못 봤어."

"그 소리가 지금의 나처럼…… 아내를 잃은 어떤 생물체가 노래를 부른 거라면."

주책없게도 눈물이 흘러내렸다.

"미안하다, 울어서."

"괜찮아. 눈물은 자연스러운 건데 뭘."

그 상태로 우리는 계속 바흐를 들었고 술병은 비어갔다.

7

여명이 터오기 시작할 때 잠이 들었고 깨어보니 해가 중천이었다. 숙취에 머리가 아팠다. 거실은 조용하고 작은방에는 이불과 베개만 반듯이 놓여 있었다. 아이는 보이지 않았다. 마당과 집 뒤 언덕, 바닷가까지 돌아다녀봤으나 없었다.

그러자 이틀간의 일이 비현실적으로 느껴졌다. 아주 긴 꿈을 꾸고 난 것 같기만 했다. 하지만 기억은 분명했고 시간이 갈수록 허전한 마음은 더해갔다. 사진을 찍어둘걸, 후회가 들었고 사인이라도 받아둘걸, 하는 생각이 들기도 했다.

메모지에 담배 라면 참기름 부탄가스 커피 빵 따위를 적은 다음 전기와 수도 공과금 고지서를 챙겨서 마을로 나갔다. 이런 일거리라도 있어서 다행이었다. 서풍이 불어오고 있었다. 이 바람이 불면 날이 맑고 바다도 깨끗하게 보인다. 우체국 들러 공과금을 내고 슈퍼마켓에서 이런저런 물건을 사가지고 나올 때 누군가 나를 불렀다. 나를 구해주었던 소년의 어머니였다. 그녀는 인사를 할 틈도 주지 않았다.

"거기 아들이지?"

"뭐가요?"

"외국 애기 말이여."

아이가 함께 있던 것은 분명한 사실이어서 일단 안도감이 들었으나 동시에 어이도 없었다.

"무슨 말씀이세요. 아니에요."

"잡아떼지 마. 같이 살려고 불러들였을 거라고들 하던데."

내 허탈한 웃음을 그녀는 수긍의 신호로 받아들였다.

"그래, 같이 살면 좀 좋아? 늙으면 외로운 것이 가장 큰 병이거든. 어쨌든 이게 다 우리 아들이 몸 안 사리고 연못 속으로……"

바쁘다는 핑계를 대고 나는 빠져나왔다. 그녀는 지팡이를 짚은 채 그 자리에서 계속 바라보았다. 슈퍼마켓 주인이 왜 실실 웃었는지도 이해가 되었다. 좁은 동네에서는 곧잘 소문이 생기고 확산 속도도 빠르다.

어떻게 설명해야 하나. 그 아이는 우리 주민 어느 누구보다 나이가 많은 분입니다, 말한다면 누가 믿겠는가. 미쳤다는 소리나 안 들으면 다행이라 아는 사람 아들인데 잠시 여행 온 것이라고 적당히 둘러대는 수밖에 없었다. 하지만 사람들은 수긍하지 않았다. 한적한 섬마을에 특이한 아이가 나타났고 나와 함께 돌아다녔다는 사실 하나만으로 그들은 석 달 열흘 치의 무료함을 보상받으려고 했다. 어떤 노인은 이렇게 말하기도 했다.

"선장 하면서 그렇게 됐던 모양이지. 엄마가 어느 나라 사람이야?"

그 정도에서 돌아왔다. 집이 마을에서 떨어져 있는 게 다행이었다. 아이는 돌아와 있지 않았다. 할 게 없었다.

높은 산들이 첩첩이다. 강물은 그 사이를 가르며 폭을 넓히더니 이곳에 이르러서는 바다라고 불러도 무방할 정도가 된다. 폭만 해도 오백 미터다. 밀물 때에는 되레 바닷물이 강을 향해 올라가기도 한다. 파푸아뉴기니에 도착한 건 어제저녁. 해가 넘어가기 전에 무사히 앵커링을 할 수 있었다. 도선사는 없었다.

통나무 엮은 뗏목이 내려오는 게 보인다. 처음에는 하나, 곧이어 둘 셋 나타난다. 그 위에 서 있는 원주민들이 마치 나뭇잎 위의 개미들 같다. 스탠바이. 일등항해사 목소리가 무전기에서 튀어나온다.

시간에 맞춰 상류에서 벌목꾼들이 나무를 켠 것이다. 이곳에서 보름 동안 나무를 싣는 게 우리 일이다. 뗏목이 천천히 배 옆으로 모여든다. 그것을 크레인으로 건져올리려면 먼저 로프를 연결해야 한다. 비쩍 마른 아이들이 와이어 끝에 묶은 로프를 잡고 자맥질을 한다. 뗏목더미 아래로 들어간 다음 조금 뒤 저쪽에서 나온다. 로프를 분리시키고 와이어로 뗏목을 감싼다. 이 작업을 슬링이라고 한다. 오로지 아이들만의 일이다. 어른들은 이 정도로 재빠르게 잠수를 하지 못한다. 양쪽 끝을 연결한 다음 크레인에 걸어서 갑판으로 올린다.

나는 코디현장 조력자와 함께 선수에 서서 그 장면을 바라보고 있다. 풍덩, 풍덩, 아이들이 연달아 밧줄을 잡고 뛰어든다. 그리고 솟구쳐오르며 숨을 몰아쉰다. 삐, 삐. 원주민 사내들이 호각을 분다. 원목 사이에서 뱀이 나타난 것이다. 삼 미터 길이에 동그라미 무늬가 온몸에 박혀 있다. 뱀은 갈지자로 헤엄치며 어디로 가야 할지 몰라 허둥댄다. 아이들이 첨벙대며 피한다. 유독 한 아이가 뱀이 오는 줄 모르고 있다. 연달아 터져나오는 호각 소리도 못 듣고 있는 것이다. 소리쳐 부르자 비로소 돌아본다. 어린 왕자다. 나는 깜짝 놀란다.

"거기서 뭐해."

아이가 대답한다.

"나 여기 취직했어."

"뒤에 뱀이야, 뱀. 얼른 피해."

그러나 아이는 활짝 웃고만 있다.

"우주선을 살 때까지 이곳에서 돈을 벌 거야."

뱀이 한 마리 더 나타난다. 이번에는 새까만 놈이다. 아이 눈에는 그것마저 보이지 않는 모양이다. 두 마리가 아이 주위를 빙빙 돈다. 마음이 다급한 나는 발을 동동 구른다. 뱀이라고 아무리 외쳐 불러도 바보같이 웃고만 있다. 뛰어내리려고 주갑판으로 달려가는데 비명이 들린다. 적재함에 내린 원목 사이에서도 노랗고 까만 뱀들이 나타난다. 제기랄, 크레인으로 감아올리고 있는 통나무들이 죄다 꿈틀거리는 거대한 뱀으로 변해 있다. 고개를 돌려보니 아이는 여전히 그 모습이다.

깜짝 놀라 깨보니 꿈이었다. 거실에 누워 있다가 나도 모르게 잠이 든 것이다. 안도의 한숨이 가습기 수증기처럼 새어나왔다. 어렸을 때 꾸는 꿈은 깨고 나면 아쉬운 것들이지만 어른이 되어서는 다행이다, 소리를 하게 된다. 어른이란 떠안아야 할 불안이 많은 존재들이니까.

창밖으로 바다색이 아른거렸다. 여전히 새도 울었다. 왜 이런 꿈을 꾸었는지 추측하기는 쉬웠다. 뱀 때문이다. 아이는 팔십 년 전 뱀에 물려 죽을 뻔했었다. 그리고 지금은 어디로 갔는지 알 수가 없다. 그러니 이따위 꿈을 꾸겠지. 배를 타면서 가장 많은 뱀을 본 게 그때였으니까.

원목 운반선을 타고 파푸아뉴기니로 갔을 때는 초임 선장 시절이었다. 그 일을 하는 아이들 인상은 지금도 남아 있다. 짧게 붙어 있는 곱슬머리, 뚜렷한 흰자위와 검은 눈동자, 낮은 코, 암갈색 피부. 그리고 몇 푼의 돈을 위해 로프 끝을 잡고 잠수하는 작은 몸. 뱀에 물리거나 잠수 도중 나무를 엮어놓은 넝쿨 줄기가 터진 탓에 머리를 다쳐 죽는 애들도 있었다. 그러면 다음 아이가 달려와서 그 자리에서 잠수를 했다. 순수함이란 죽음까지도 잘 모르는 상태를 말하는 것이니까.

구명정에 옷가지와 라면, 위스키를 싣고 가본 마을은 스무 가구 정도 되었다. 그것을 받고 바나나와 파인애플을 따주던 주민들. 험악스러운 표정 속에 깊은 친절함이 담겨 있던 그들. 추장으로 보이던 사내는 막대기로 깊은 산속을 가리키며 절대 가지 말라고 일렀다. 그리고 동행한 일등기관사의 목덜미를 물어뜯는 시늉을 했다. 깊은 산속에는 식인 풍습이 남아 있는 부족이 살고 있었다. 일등기관사는 기겁을 했고 그들과 우리는 유쾌하게 웃었다.

돌아오면서 갑판수는 이런 이야기도 했었다. 그는 갑판부의 말단인 갑판원 시절에 이곳엘 처음 왔었단다. 한번은 주민들이 작은 배에 커다란 돼지를 싣고 왔고 가파른 갱웨이를 낑낑대며 올라오더니 선원 한 명과 바꾸자고 제안을 해왔다. 마을에 새로운 남자가 필요하다는 것.

"그 사람들이 지목한 게 저였습니다."

선원들이 다들 등을 떠밀더라며 그는 낄낄 웃었다. 백 킬로그램이 넘는 거구였던 그를 갑판장으로 승격시켜준 사람은 나였다. 그는 지금쯤 어떤 배를 타고 어느 바다를 항해중일까.

혹시나 해서 조심스럽게 문을 열고 밖으로 나갔으나 아이는 여전히 보이지 않았고 어장 나갔던 통발배들이 하나둘 돌아오고 있었다. 파푸아뉴기니의 뗏목처럼.

아이가 온 것은 한 시간 정도 뒤였다. 뜻밖에도 푹 젖은 상태로 물방울이 뚝뚝 떨어졌다.

"바다엘 다녀왔어."

"바다에 갔었다고?"

"응."

그는 활짝 웃으며 대꾸했고 나는 조용히 중얼거렸다.

'잠깐 목욕 다녀왔다는 듯이 말하고 있잖아.'

"지구란 별, 정말로 독특해."

"바다 어디를 갔는데?"

"바다라니까."

"수영을 한 거야?"

"수영이 뭐야?"

"이렇게 헤엄을 치며 물에서 움직이는 거야."

나는 손동작을 했다.

"아니. 저 아래로 들어갔어."

"바닷속으로 들어갔다는 거야?"

"응. 그게 바다잖아. 아저씨가 그려준 물고기가 보고 싶었거든."

"……"

"정말 많이 있었어."

마땅히 대꾸할 소리가 떠오르지 않았다. 보통 바다를 다녀왔다고 하면 바다를 보고 왔다는 소리다. 생각해보니 그것은 틀린 말이다. 숲에 다녀왔어, 이러면 숲을 보고 온 게 아니라 숲속에 갔다 왔다는 뜻이고 학교에 다녀왔어, 는 교실에 앉아 공부를 하고 왔다는 뜻이 아닌가. 어떻게 갔는가 물어보기도 전에 그는 손가락으로 허공에 그림을 그렸다.

"이렇게 생긴 게 있던데 뭐야?"

"글쎄. 도미인가?"

"잘 몰라? 그럼 이것은? 이 정도 크기였어."

그는 두 팔을 최대한 벌리면서 날카로운 눈빛을 해 보였다.

"상어 같은데 진짜 본 거야?"

아이는 그다음 것을 그리며 느물느물한 몸동작까지 해 보였다.

"아하, 문어다."

"문어? 그럼 이건."

"음, 다시 그려봐."

"이렇게 대롱처럼 생겼고 끝에 구멍이 있었어."

"이름이 얼른 생각이 안 나는데."

"마치 굴뚝 같았어."

"아, 해면. 그렇게 보여도 동물이야."

"안 움직였는데."

아이는 멈췄다가 다른 것을 그렸다.

"그럼 이것은?"

"그건 모자반일 거야. 바닷속의 풀. 이렇게 아주 키가 컸지?"

"맞아. 아주 길었어."

그뒤로도 아이는 계속 그렸고 나는 대답했다.

"복어. 물고기야…… 이건 거북이. 와, 거북이도 봤구나."

"아저씨는 안 가봤다면서 거기에 있는 애들을 어떻게 다 알아?"

"그거야 낚아봤고 책과 사진으로도 봤고."

"이건 나도 알겠더라."

깜짝 놀란 내가 되물었다.

"안 물렸어? 괜찮아?"

"응, 내가 피했어. 그냥 저 혼자 헤엄쳐가던데."

아이가 그린 것은 뱀이었다. 바다에도 많은 뱀들이 있다. 대부분 맹독을 지녔다. 물리지 않은 게 다행이었지만 정작 본인은 대수롭지 않게 여기는 듯했다. 꿈까지 꾸었던 나는 가슴을 쓸어내렸다.

중요한 것은 그다음이다. 도대체 어떤 방법으로 바닷속엘 다녀왔다는 소리일까. 우주를 돌아다니니 바닷속도 갈 수 있겠지 하고 짐작해볼 수는 있지만.

"암튼 걱정했다. 간다고 말도 안 하고 가서."

"아저씬 잤잖아."

"깨우지 그랬어."

"왜 깨워? 스스로 자고 있는데."

"아, 그런 거야?"

"그렇게 아름다운 곳도 못 가보고 잠이나 자고 있는 게 한심하기는 했어."

"저기, 다이빙 장비를 착용하면 지구인도 바닷속으로 들어갈 수 있지."

궁색해진 나는 변명조로 말했다.

"그건 뭔데?"

"바닷속에서도 숨을 쉴 수 있도록 하는 장치들이야."

공기통과 물갈퀴 신발 등에 관한 설명이 잠깐 뒤따라 나왔다.

"지구인들은 불편하겠어. 하늘이나 바다로 다닐 때도 그렇고 바닷속에 들어갈 때도 그렇고, 뭔가를 끊임없이 만들어야 하잖아."

"그나저나 씻어야 하지 않을까?"

챙겨준 비누와 수건을 가지고 욕실에 다녀온 아이에게서는 더욱 투명한 기운이 뿜어져나오는 것 같았다. 깊은 바다를 만나고 와서 그럴 거라고 나는 막연히 짐작했다. 사람의 발걸음을 허락하지 않는 히말라야의 마차푸차레 봉우리 같은, 훼손되지 않은 바다가 갖고 있는 맑고 투명한 기운 말이다.

"그런데 어떻게 들어갈 수 있었니?"

"그냥 들어갔어."

"숨이 안 쉬어지잖아."

"아, 이게 도와줬어."

결국 그거였다. 질문은 이어졌다.

"어떻게?"

"얼굴을 감싸서."

아이의 목뒤엔 유동체 같은 게 여전히 붙어 있었다.

"그것은 바닷속 여행도 할 수 있구나."

"궁금해하니까 설명해줄게. 나도 궁금한 것을 누가 자세히 설명해주면 기분이 좋으니까."

나는 아이의 눈을 바라보았다. 다시 한번, 정말이지 맑은 눈동자였다.

우주 공간을 이동하려면 그것들이 모두 필요해. 온몸을 둘러 싸안을 수 있어야 하니까. 그것들의 의지에 의해 몸이 떠. 은색 풍선처럼. 그리고 빠른 속도로 날아가. 별과 별 사이가 멀잖아? 그 사이를 지날 때 특이한 모양의 우주 구름이나 흘러다니는 별들을 구경할 수도 있고 시간이 오래 걸릴 것 같으면 잠에 빠져들 수도 있어.

세세한 대화는 어렵지만 기분이나 느낌은 주고받을 수 있어. 그렇다고 내 의견을 모두 들어주지는 않는다고 저번에 이야기했었지? 아직 내 별에 못 가는 것만 봐도 알 수 있잖아. 아무튼 그것들 속에 들어가 있으면 추위도 안 느끼고 굳이 숨을 쉴 필요도 없어. 불편한 느낌도 전혀 없어. 배도 안 고프고. 지구에 올 때도 그랬어. 지금은 저애만 남고 다들 어디로 가버렸지만.

그때 지구에 와서 생 아저씨를 만나고 간 뒤로도 여행을 많이 했어. 물론 그것들 내키는 대로지만 말이야. 모든 별이 다 좋지는 않아. 다 좋은 여행이란 없으니까. 너무 뜨거워서 그것들이 계속 감싸주어야 하는 곳도 있고 소용돌이가 너무 세서 몸을 가누기 어려운 곳도 있었어. 음…… 아저씨를 처음 만난 날 말한 대로 그것들은 남겨두고 간 조각을 다시 만나기도 하고 또 새로 내려놓기도 해. 그동안 찾아간 별은 매번 달랐어. 같은 별을 두 번 들른 건 지구가 처음이야.

이곳에 오기 직전에 빛나는 어떤 별에 있었어.

그는 기억을 더듬듯 잠시 눈을 감았다가 다시 떴다.

거긴 참으로 특이한 곳이었어. 자그마한 별 전체가 다이아몬드로 되어 있었으니까. 거기서는 해가 뜨면 자야 해. 수천수만의 다이아몬드 덩어리들이 잔뜩 뒤엉킨 채 찬란하게 빛을 반사해서 너무 눈이 부시니까. 이곳 햇빛보다 훨씬 더 밝아. 삼백 개의 태양이 그 작은 별을 촘촘하게 둘러싸고 있다고 해도 될 정도였어. 처음에는 눈을 뜨고 있다가 하루종일 앞이 안 보였지 뭐야.

그곳은 그래서 밤이 좋아. 도착한 별빛들이 서로 반사되고 뒤섞이며 살아 움직이는 꽃다발처럼 변하니까. 너무 아름다워서 말도 안 나올 정도였어. 아니, 그곳에는 아무도 살지 않았어. 그런 곳에서는 누구라도 살기가 쉽지 않을 거야. 풀도, 나무도, 나비도 없었고. 그래서 그 별에 대해 물어볼 수가 없었어. 그저 빛나기만 했어.

완전히 둥글지도 않았어. 긴 쪽으로 걸어서 한 바퀴 도는 데에 내 별의 하루 정도 시간이 필요했던 것 같아. 그러다 출발하겠다는 그것들의 느낌이 전해져왔어. 이제는 내 별로 갈 수 있을 것 같았지. 하지만 이곳으로 오고 말았어.

아침에 바다에 가고 싶다는 생각을 했어. 그러자 가능하다고 대답을 해오더라고. 자기도 가보고 싶어한다는 느낌이 들었어. 그래서 저만큼 걸어가서 그대로 바닷속으로 들어간 거지. 물속은 처음이었지만 우주 공간을 움직이는 것과 비슷해. 다른 게 있다면 얼굴을 감싸는 것만으로도 충분하다는 거야. 나도 몰랐던 거지. 그렇게 들어갔어. 바다풀이 많이 있었고 바위도 많았고 덕분에 아주 많은 물고기도 볼 수 있었어. 이제 물고기에 대한 궁금증이 풀렸어. 우주 어디에서도 그런 생물체는 보지 못했거든.

아이는 싱긋 웃으면서 설명을 멈췄다. 의연하지 못하게 입을 벌리고 있다는 사실을 나는 깨달았다. 하지만 다른 것도 아니고 오로지 다이아몬드로만 이루어진 별이라지 않는가. 높은 열과 압력, 탄소가 있으면 되니 확률상 우주 어딘가에 있기는 할 것이지만.

"이곳에서는 다이아몬드가 아주 비싼데."

"왜, 그게 없으면 인간은 죽어?"

"아니."

"그럼 아파?"

"아니."

"근데 왜 비싸?"

말문은 또 막혔다. 도대체 왜 비쌀까.

경제학 용어 중에 '스미스 패러독스'라는 게 있다. 해양대학 일학년 교양수업에서 배운 것이다. 다이아몬드는 비싸다. 하지만 꼭 필요한 건 아니다. 없어도 아무 문제 없다. 반대로 물이나 공기는 꼭 필요하다. 없으면 곧바로 죽는다. 그런데도 가격은 제로에 가깝다.

도대체 왜 꼭 필요한 것은 공짜이고 굳이 필요 없는 것은 값이 비쌀까. 이 모순을 고민하던 경제학자 애덤 스미스는 끝내 이론으로 정의 내리지 못하고 죽었다. 그래서 그런 이름이 붙어 있다. 그의 후학들이 의외로 간단하게 정리했다. 희소성의 원칙 때문이라고. 하지만 그런 설명이 무슨 소용 있을까.

"혹시 가져온 거 없니?"

"없는데, 왜?"

"그게 워낙 아름답다고들 하니까, 구경할 수 있을까 해서."

나는 거짓말을 했다.

"지구에는 없는 거였어?"

"아니 있어. 본 적도 있고."

"그럼 아저씨한테 없구나?"

"응."

"가지고 있는 사람에게 가서 보여달라고 하면 되잖아."

"워낙 비싸서 구경하기도 쉽지 않아."

나는 머쓱하게 대답했다.

"글쎄, 그게 왜 비싸냐고?"

"그냥 아름다워서 그렇겠지. 너도 그 별이 아름다웠다고 말했잖아."

그리고 대학 일학년 때 배웠던 내용을 간단히 설명했다.

"하지만 바다가 더 아름다운걸."

"그래, 그럴 테지. 아무튼 그것은 뛰어난 능력을 지녔구나. 우주를 날아다니더니 바닷속에도 들어가고 말이야."

나는 일부러 웃었다.

"내일 한번 해볼래?"

"그래도 될까?"

"아저씨에 대한 거부감은 느껴지지 않아."

"그렇다면 다행이다."

그리고 이제야 생각났다는 듯이 밥상을 차렸다. 아이가 미역국을 바라보면서 말했다.

"이거 아까 봤어. 먹을 수 있는 거야?"

"그럼."

이렇게 아름다운 것을 먹어치우냐고 따질 것 같아서 나는 긴장했다. 어린 왕자가 꽃을 가지고 샐러드를 해먹어버리는 것과 같으니까. 하지만 아이는 별 반응 없이 그것을 먹었다.

나는 내일 하게 될 잠수에 대한 기대감으로 가슴이 뛰었다. 이건 기회였다. 우주로 나가보는 것은 꿈도 못 꿀 일이지만 대신 우주에서 온 물질과 만나볼 수 있으니까. 우리는 운석 조각 하나만 주워도 횡재를 했다고 기뻐 날뛰는 종족 아닌가.

그는 오래지 않아 잠이 들었다. 잠수 또한 우주의 존재에게도 벅찬 일일 거라고 생각했다. 나는 잠이 오지 않았다. 그가 있으면 있어서, 없으면 없어서 잠이 들 수 없었다.

8

다음날 우리는 집 앞 바닷가에 섰다.

"준비됐어?"

"정말 괜찮겠지?"

아이는 대답 대신 웃으며 내 손을 잡아당겼다. 웃었다는 것 하나 믿고 조심스럽게 뒷덜미 쪽으로 팔을 뻗자 손끝에 그게 닿았다. 처음엔 밀도가 높은 공기 덩어리 같았는데 뜨거우면서도 차가운, 그러면서 아무것도 아닌, 도대체 뭐라고 설명할 수 없는 그런 느낌이었다. 그러다 물덩어리 같은 질감으로 바뀌며 손등을 타고 미끄러져왔다. 움찔하자 아이가 또 웃었다.

갑자기 운동장이 보였다. 백 미터 달리기 시합 출발선상이고 숨이 가빠오고 있었다. 여덟 살, 학교라는 곳을 두어 달 다닌 다음이었는데 운동회라는 것이 열리더니 갑자기 혼신의 힘을 다해 달려가야 하는 상황에 맞닥뜨린 것이다. 왜 그래야 하는지 의문 따위는 없었다. 나는 헐떡이며 달리기 시작했다. 왜 갑자기 그 장면이 보이는 것일까.

그것은 거리낌없이 목덜미를 타고 올랐고 얇게 퍼지면서 얼굴을 감싸기 시작했다. 반투명 마스크 팩 같았다고밖에 설명할 도리가 없다.

아내와 처음으로 간 여행지는 지리산이었다. 항구에서 기차를 타고 구례에서 내렸다. 중학교 때 수학여행 가서 보았던 절을 다시 구경하고 두 시간 정도 산으로 올라 약수터 근처에서 도시락을 먹었으며 내려와 모자와 기념 배지를 사고 저녁을 먹었다. 그리고 여관엘 갔다.

결혼식 일주일 전이었다. 우리의 만남은 담담했으나 그날은 그렇지 않았다. 그럴 수 없었다. 처음으로 옷을 벗는 날이었으니까. 상대의 알몸을 보고 내 알몸도 보여주어야 했으니까. 비장되어 있는 것을 주고받는 날이었으니까.

욕실에서 나온 그녀는 가리지도 그렇다고 아무렇지 않은 것도 아닌 어설픈 자세로 다가왔다. 그때까지 결혼식이란 입학이나 졸업식처럼 시간이 되면 저절로 다가오는 그런 기념행사 정도라고 여겨왔었다. 하지만 그날은 정신이 혼미해지며 몸이 떨렸다. 왜 이 장면도 보이는 것일까.

"이제 들어가봐."

그러자 젊은 아내가 누워 있던 장면은 사라지고 자갈밭과 바닷물이 보였다. 아이도 그 장면을 봤을 거라는 생각이 들어 얼굴이 화끈거렸다. 하지만 그는 아무렇지도 않은 표정이었다. 그렇다면 3D 가상현실 체험처럼 내 눈에만 보인 것일까. 기억 속의 장면과 현실의 바닷물. 마치 두 개의 영화를 같은 시간대에 교대로 보고 있는 것 같은 기분이었다. 집중하는 쪽이 더 또렷해지듯이 말이다. 나는 걸어들어갔다.

바닷물은 발목을 지나 무릎까지 차올랐고 가슴을 덮었다. 복면을 쓴 것 같은 상태였지만 투명에 가까웠기에 지나가는 사람이 보았다면 아무 장비 없이 바닷속으로 들어가는 것처럼 보였을 것이다. 곧이어 하늘과 저멀리 무인도가 수면과 함께 사라지고 푸른 물의 세상이 나타났다. 바깥과는 전혀 다른 풍경이 시작된 것이다.

나는 물속에서 어중간하게 떴다. 물속에서는 걸을 수도, 반듯하게 서 있을 수도 없다. 더군다나 잠수를 할 때는 백팔십 도 거꾸로 머리부터 처박고 몸부림에 가깝게 손과 다리를 움직여야 한다. 그런데 반듯하게 서려고 하자 그대로 됐다. 우주에 떠 있는 사람처럼. 그리고 내려가고 싶다는 생각을 하자 천천히 내려가기 시작했다.

우리 몸에서 가장 먼저 수압을 느끼는 곳이 고막이다. 이삼 미터만 내려가도 통증이 온다. 그때마다 침을 삼켜 고막을 틔워주어야 한다. 비행기가 이륙할 때 그러는 것처럼. 하지만 그런 자극도 느껴지지 않았다. 생각보다 따스했고 부드러우면서도 차진 탄력이 느껴졌다. 안온하기도 했다. 안온했기에 편안했다.

예전에 보았던 풍경들. 햇살이 어른거리는 물속. 물살에 흔들리는 해초 무더기들. 그 사이로 휙 사라지는 용치놀래기. 네댓 마리 한가하게 떠 있는 자리돔. 바위를 기어가는 게고둥. 나는 호흡에 아무런 지장을 받지 않으며 그것들을 바라볼 수 있었다. 그러나 그 소박한 풍경에 머물러 있을 수 없었다. 순간 머릿속이 멍해지면서 시간과 공간이 이동한 것이다.

아이들이 물놀이를 하고 있고 어른들은 리어카로 커다란 돌을 실어나르거나 커다란 막대기에 밧줄을 걸고 목도질로 그것들을 위아래 하나씩 맞추어 쌓고 있다. 자그마한 방파제를 만드는 중이었다. 저리 안 가냐, 어른 하나가 고함을 지르면 점심 밥상에 달라붙는 파리떼처럼 애들은 잠깐 멀어진 다음 다시 몰려들었다. 나는 밭에서 뽑아온 열무를 옮기는 중이다. 아이들이 나를 부른다. 나는 대답하지 않고 있다.

운동회와 마찬가지로 잊어버리고 있던 장면이다. 이 기억은 깊은 무의식 속에 있었을 것이다. 뭐가 그것을 뽑아올렸을까. 나는 머리를 좀 흔들어본 다음 눈앞에 집중했다. 리모컨을 눌러 화면을 바꾸듯 푸른 바닷속이 보였다. 공부를 해야 하는데 잠이 쏟아져서 꿈과 교과서 사이를 왔다갔다하고 있는 형국이었다. 더 깊은 곳으로 내려가고 싶어하자 그렇게 되었다.

갑자기 나타난 수천수만의 별. 그게 보이는 것으로 봐서 밤이라 할 수 있지만 태양 같은 항성이 근처에 없기 때문에 어두울 뿐이었다. 달도 보이지 않고 발아래는 허공이었다. 여기는 도대체 어디지? 두리번거려봤지만 노력은 가당치도 않았다. 바닷속으로 들어갔는데 갑자기 우주 공간에서 별들을 바라보고 있는 상태에서 한 치도 더 나아갈 수 없었다. 명멸하는 별들. 침묵하는 거대한 공간. 흘러가다가 잠시 정지한 듯한 주황색 구름 덩어리들. 그러나 그것은 구름이 아니라 저 너머 알 수 없는 물질들이 내뿜는 색깔이었다. 바닷속과 마찬가지로 거긴 거기대로 한 세상이 유지되고 있었다. 나는 멍하니 그 풍경을 바라보기만 했다.

그렇다면 이 시각은 아이의 것이거나 그것 스스로 가지고 있는 기억일 것이다. 그것과 나는 함께 있지만 교류하지 못하기 때문에 질문을 던질 수도, 답을 들을 수도 없다.

예닐곱 개의 빛덩어리가 눈앞을 지나쳐 아래로 날아간다. 그게 무언지는 짐작도 할 수 없다. 태어난 아이가 처음 만난 부모의 얼굴이나 모빌 장난감 따위를 아무런 의심 없이, 세상의 첫번째 정보로 받아들이듯 나도 우주의 모습에 대하여 그랬다. 자주 보게 되면 어떤 것인지 알 수 있으려나. 하지만 알게 된다기보다는 눈에 익숙해진다는 게 맞을 것이다.

어쩌면 우주가 아닐 수도 있었다. 몽롱하게 마취당한 기분이 드는 것으로 봐서 자궁의 양수 속으로 들어가버린 것인지도 몰랐다. 태어나기 전의 나. 또는 착상되기 전의 나. 하지만 정말 모르겠다.

노동자풍의 사내가 모래밭에 도착하고 있다. 잠시 주변을 살피더니 천천히 걸어간다. 모래 위에 발자국이 하나둘 생겨난다. 그 밀항자다. 이봐 당신, 그뒤에 어떻게 됐어? 살았어, 죽었어? 정말 사막이 목표였어? 외쳐보지만 그는 아무런 대꾸 없이 점점 사막 쪽으로 멀어진다. 발자국만 거듭 만들어질 뿐이다. 그러다 다시 푸른 바다. 스며내려오는 햇살의 양이 현저히 줄어들고 있었다.

순간 한 아이가 얼음 위에 올라서고 있다. 밀항자처럼 한 발자국 두 발자국 얼음의 중심으로 이동했고, 체조선수처럼 바닥에 코가 닿을 만큼 고개를 숙였으며, 얼음이 깨졌으며, 그대로 빨려들어갔으며, 천천히 가라앉았다. 물속에서 잠든 듯 누워 있는 여섯 살 아이. 자세히 보면 눈가와 입 주변, 가슴이 미세하게 팔딱거리고 있다. 적갈색 공기 입자가 오백만 곱하기 오백만 배로 잘게 부서지다가 끝내 암흑 입자가 되어버린 어떤 공간이 배경으로 펼쳐져 있다. 추상화 같기만 하다. 그때 만난 게 저 세계인가. 어딘가를 향해 아주 빠른 속도로 빨려들어갔었는데 그 도착점이 저곳이었을까.

화면이 바뀌었다. 다시 푸른 바닷물 속. 사십오 도 각도로 선 채 더 깊은 곳으로 가라앉고 있다.

이번에 나타난 것은 선장실이다. 제기랄, 창밖으로 수평선이 보인다. 엔진 때문에 쉬지 않고 벽은 떨린다. 파도에 흔들리는 것처럼 떨리는 벽 안에서 살아야 하는 것도 선원의 숙명이다. 거기 탁자에 내가 앉아 있다. 탁자 위엔 잡지와 책 서너 권이 흩어져 있고 컴퓨터 화면에는 회사 홈페이지 운항관리실 현황이 띄워져 있다. 주요 항로에서 운항중인 선박 소개가 자동으로 넘어가고 있다.

나는 아무것도 하지 않고 멍청하게 벽만 보고 있다. 흰머리가 사이사이 솟아 있고 두 손은 주머니 속에 들어가 있다. 창밖으로는 선수에서 번져나간 파도의 흰 포말이 보인다. 과거의 자신은 매우 낯선 풍경이다. 저런 얼굴, 저런 자세로 있었구나. 아니, 내가 저런 사람이었구나. 그런데 누가 나를 보고 있는 거지?

나는 논둑길을 걸어가고 있다. 황금색 벼가 좌우로 출렁인다. 논에 내려선다. 낫을 들고 있는 중늙은이 남녀가 수건으로 땀을 닦으며 이쪽을 바라본다. 아는 얼굴이다. 장인 장모다. 머리에 인 쟁반을 내려놓는다. 삶은 감자 몇 알과 막걸리 주전자, 고추와 된장도 보인다. 다가온 두 사람 얼굴은 주름이 깊고 그 골의 어둠도 짙다. 처가에는 종종 갔지만 이런 장면을 본 적은 없었다.

커피잔에서 김이 올라오고 있다. 내 눈은 그것을 보고 있다. 그러지 말고 무슨 말이라도 해요. 옆좌석 사람 목소리다. 고개를 든다. 저, 무슨 영화를 좋아하세요? 앞좌석의 젊은 남자가 묻는다. 이것은 눈에 익다. 맙소사, 젊은 내가 보인 것이다. 입에서 장국영 소리가 나오려고 한다. 장국영에게는 조각처럼 잘 다듬어놓은 슬픔 같은 게 있어요…… 그러나 그런 말을 하면 남자가 기분 나쁠 것 같다. 다른 남자를 칭찬하는 거니까. 그런데 왜 내가 나를 보면서 이런 생각을 하는 거지? 저쪽이 나라면 이쪽은 아내인데?

나는 딸아이 피아노 뚜껑을 수건으로 닦고 있다. 형광등 불빛이 피아노 위에서 반사된다. 경적 소리를 내며 차 지나가는 소리가 멀리서 들린다. 이것도 이상하다. 나는 한 번도 피아노를 닦지 않았다. 창문 쪽으로 걸어간다. 밖으로 불 켜진 아파트촌이 보인다. 그 너머 언덕이 있고 그 뒤는 바다다. 엄마, 부르는 소리가 들린다. 내가 돌아선다. 중학생 딸아이가 문을 열고 들어온다. 아내의 시각이었던 것이다. 도대체 왜 이렇지. 왜 내가 아내가 되어 있는 거지. 상상의 영역인가?

다시 바다. 직벽이 나타난다. 어른거리던 햇살 무늬도 완전히 사라지고 전반적으로 밀도 높은 푸른색의 세상이다. 푸른 우주라고 해도 될 만하다. 입을 벌리고 있는 홍합이 보인다. 숨을 쉬고 있는 것이다. 그 옆에 돌멩게도 있다. 이애들이 바닷속에서 살고 있는 모습은 처음 봤다. 이런 곳에서 이런 모습으로 있었구나, 잠시 감동을 한다. 손가락으로 건드려보자 재빨리 입을 닫는다. 사람 손에 채취당하지 않는다면 이것들 일생의 끝은 어떤 모습일까.

꽃이 말한다. 아침식사 시간이 된 것 같네요. 제 생각을 좀 해주시지 않겠어요? 이것은 무언가. 호랑이들이 발톱을 세우고 올 테면 와보라고 해요! 이렇게 말했던 꽃은 어린 왕자의 소행성에 살고 있었던 것이다. 이게 왜 보이지? 이것에 스며 있는 아이의 기억인가? 나는 거듭 혼란스럽기만 하다.

더 아래로 내려간다. 조금씩 튀어나오고 들어간 돌더미 아래에 동굴 같은 긴 틈이 있다. 이름을 알 수 없는 아주 작은 물고기 하나가 그 사이에서 나를 지켜보고 있다. 꽃잎 같은 가슴지느러미를 움직이면서.

젊은 아내가 상기된 얼굴로 웃고 있다. 하나 둘 셋, 사람들이 외치자 그녀는 꽃다발을 뒤로 던진다. 우리 결혼식 때 모습이다. 도대체 이런 장면들은 왜 이렇게 갑자기 엄습을 하는 걸까. 노란 치마를 입은 여자가 그것을 받아 쥔다. 맞아, 저 여자가 있었지. 아내의 고등학교 동창. 이름이 연휜가 연숙인가 그랬는데. 과수원집으로 시집갔다고 들었는데.

어느 정도 수심인지 모르겠다. 반경 이 미터 정도의 평평한 곳이 나타났다. 마치 등잔 받침대 같은 모습이다. 붉고 노란 산호가 촘촘히 붙어 있다. 산호초 밭이다. 어린 왕자가 만났던 꽃밭 같다. 산호는 해초처럼 물살에 흔들리지 않는다. 그저 방사형으로 가지가 촘촘하게 뻗어 있을 뿐이다. 생각지도 못한 정원을 발견한 기분이다. 나도 모르게 고개를 쭉 내밀어 가까이 바라본다. 내 판단이 아니다. 머리를 감싸고 있는 그것의 의지다. 그것은 산호 구석구석을 바라본다. 무언가에 대한 반응처럼 색깔이 바뀐다고 할까 온도가 높아진다고 할까, 그런 변화가 얼굴에 느껴진다.

나는 다시 고개를 흔들었다. 저 위에 한 무리의 방어떼가 유유히 지나가고 있다. 예닐곱 마리 정도가 한가하게 지느러미짓을 하고 있는 것이다. 새 같다. 아름답다. 수십 년 항해했던 바다 아래가 이런 모습이었다는 게 새삼스럽고 낯설다. 또 풍경이 바뀐다. 많은 별들이 떠 있다. 유성이 하나 지나간다. 꼬리가 길다.

잘 다녀오십시오. 이등항해사가 따라 나와 인사를 한다. 나는 뒤돌아보며 손을 흔들어준 다음 갱웨이를 걸어서 내려간다.

베링해를 거쳐 캄차카 근처에 다다르거나 믈라카해협을 통과한 다음 남중국해로 들어서면 우리들은 기분이 좋아지기 시작했다. 그러나 떠벌리기 좋아하는 선원들 외에는 표시를 내지 않았다. 선장은 특히 표시를 내면 안 된다. 느긋해지면 뭔가 일이 터지니까.

에이전트가 몰고 온 차량을 탄다. 또 한번의 항차를 무사히 끝냈다. 입국심사대는 가깝다. 서류를 보여주고 확인 도장을 받는다. 휴가시군요, 좋으시겠습니다. 직원도 인사를 한다. 아내가 다가온다. 손을 잡는다. 우리는 반년 전 이곳에서 이런 모습으로 헤어졌다.

아내가 운전하는 차에 올라탄다. 소박한 우리들만의 공간이 생겼다. 시동을 걸고 나서 입술을 맞춰온다. 늘 그래왔기에 준비하고 있었다. 짧은 입맞춤. 부드러우면서도 강렬한 혀끝의 느낌. 감미롭다. 늘 붙어 있는 것도 모자라 쉬지 않고 떠들고 씹고 삼키고 뱉는 게 입인데, 그게 일순간 가장 사랑스러운 게 된다. 그런데 아내의 얼굴이 보였다가 내 얼굴이 보인다. 남녀가 한몸에 들어가 있는 듯하다. 안고 싶은 마음이 이는데 내가 아내를 안고 싶어하는지 아내가 나에게 그러는지 혼란스럽기만 하다.

갑자기 아내 몸이 수평선 쪽으로 멀어진다. 폭발하듯 입자가 분명한 연기 덩어리 같은 것으로 변한다. 여보, 불러도 대답이 없다. 수천억 개의 가루가 천천히 허공으로 흩어진다. 약간의 시간이 흐른 뒤, 작은 가루가 한 알 한 알 떠다닌다. 우주의 별 같다. 우주를 지구 크기로 축소한다면, 그렇다면, 아내 몸이 별이 됐다고 해도 될 만하다.

느닷없이 쓰러지는 할아버지, 마작 패를 들여다보는 아버지, 새로 만든 무덤, 싸우는 아버지와 어머니, 가시에 긁힌 손등이 갑자기 눈앞에서 지나간다. 보든 게 제멋대로다. 정신이 하나도 없다. 온갖 과거를 거리낌없이 쑤시고 다니는 것 같다.

그러다 다시 바닷속. 산호초 밭을 떠나 앞으로 나간다. 방어떼가 저멀리 달아나버린다. 약간의 각도를 두고 더 내려간다. 암초가 보인다. 거대한 바위 옆으로 내려선다. 오십 미터 정도는 내려왔을 것 같다. 아니면 백 미터. 그러나 깊이에 대한 느낌이 전혀 없다. 짐작이 맞는다면 이곳은 그동안 사람의 발길이 전혀 닿지 않은 곳이다. 베테랑 다이버들도 이 깊이는 내려오지 못한다니까. 여기도 우리가 사는 별의 일부다. 백 미터만 해도 이런데 내가 항해했던 곳은 수심이 삼사천 미터들이다.

그것이 얇게 펴지며 살아 있는 피부처럼 들쭉날쭉하더니 다시 동그랗게 얼굴을 감쌌다. 그리고 서서히 떠오르기 시작했다.

수면이 갈라지며 머리가 물밖으로 나왔다. 늦은 오후 햇살이 쪼그려앉은 아이에게로 내리쬐고 있었다. 나는 물을 뚝뚝 흘리며 아이에게 다가갔다. 궁금한 게 많았다. 과거를 본 것이 내 의지인지, 그것의 의지인지, 아내의 시선으로 볼 수 있었던 이유는 또 무언지 물어보고 싶었다. 그리고 왜 소행성 B612호의 장면이 보였는지도. 하지만 아이는 고개를 들어 살짝 바라보고는 다시 숙였다. 손에 무언가 있었다. 인상어라는, 근처 바다에 흔한 물고기였다.

"그것은 뭐야?"

"물고기잖아."

"그것은 알지. 어디서 났어?"

"아저씨 기다리고 있는데 이게 떠밀려왔어."

아이는 인상어를 왼손바닥에 놓고 오른손 검지와 중지로 천천히 쓰다듬고 있었다. 집중이 강렬해서 더이상 말을 걸 수 없었다. 살아 펄떡거리고 깜짝 놀란 아이가 비명을 지르거나 했다면 자연스러웠을 것이다. 나는 웃었을 것이다.

하지만 인상어는 죽어 있었고 아이는 대가리부터 달라붙어버린 등지느러미, 은색 비늘을 세세하게 만지며 들여다보기만 했다. 물고기 자체보다는 죽음을 찾아보는 느낌이었다. 그러는 동안 그것은 목덜미에서 스르르 떨어져나와 아이에게로 옮겨갔다. 수건을 둘렀다가 떼어낸 것 같은 허전함이 뒷목에 남았다.

아이의 집중력에 대해서는 여러 번 이야기했었다. 낚싯대에 대해, 풀과 나무 물고기에 대해, 생텍스와 관련된 것들에 대해 늘 진지하게 생각했고 의문이 생기면 집중적으로 물어왔다. 지금 생각해보면, 아이의 특징은 여러 가지가 있겠지만 가장 뚜렷한 한 가지는 그 집중력이 아닐까 싶다. 지금도 아이의 또렷한 눈동자가 떠오른다.

죽은 물고기를 뚫어지게 쳐다보고 있는 눈빛. 그 행위는 낯선 행성에 도착해서 그곳의 돌조각이나 흙덩이를 만져보는 것과 비슷하게 느껴졌다. 행성의 탄생과 진행과 훗날 소멸에 관해 연구하듯이 말이다.

그가 인상어 안으로 들어가버린 듯했기에 머쓱해진 나는 집으로 들어가 샤워를 했고 세탁기를 돌렸다. 그 단순한 동작 하나로 나를 꼼짝 못하게 만들어버린 것이다. 그저 몸을 씻고 옷을 갈아입는 수밖에 없었다. 머리카락을 털고 나와보아도 아이는 그 자리에서 계속 그러고 있었다.

나는 오래도록 생선을 먹어왔고 최근 반년 동안은 낚시로 잡은 것마다 비늘을 벗기고 내장을 긁어냈으며 대가리를 끊었지만 한 번도 그런 행위는 하지 않았다. 섬에 사는 다른 사람들도 마찬가지다. 우리뿐만이 아니다. 다들 소고기나 삼겹살, 생닭을 보면서 그런 행동을 하지 않는다. 그 생명체의 시작과 과정과 끝을 고민하지 않는다. 상태를 관찰하기는 하지만 육질과 선도를 확인하기 위해서 그럴 뿐이다.

그는 집중과 침묵으로 단단한 성을 쌓아버린 것 같았다. 몸은 여기에 있되 중요한 존재는 다른 차원으로 날아가버린 것 같았다. 그래서 바닷속에서의 기이한 체험에 관해 물어보지 못했다. 그리고 그 체험은 상당한 체력을 요구하는 거였다. 빨래를 널고 나서 벽에 기대앉아 있다가 밑동 잘린 허수아비처럼 잠 속으로 말려들고 만 것이다.

"아저씨, 자?"

"으응, 왜애."

"사막엘 가봐야겠어."

"사막에? 사막이? 사막은……"

그런 말을 주고받은 것 같은데 현실인지 꿈인지 구분이 되지 않았다. 잠에서 깨보니 한밤중이었다. 깨고 나서야 이불도 없이 거실 한쪽에서 잠이 들었다는 것을 알 수 있었다. 아이는 보이지 않았다. 몸이 무겁고 두통도 있었다. 밖으로 나가보니 가로등 불빛과 철썩이는 파도 소리뿐이었다.

날이 흐려 별도 보이지 않았다. 지난번처럼 천천히 걸어서 주변을 돌아보았으나 어디에도 없었다. 반대쪽 갯바위도 마찬가지였다. 나는 아이가 인상어를 바라보던 바닷가로 돌아가 한동안 앉아 있었고 밀물이 들자 집으로 돌아왔으며 벽시계 초침을 바라보았다.

사막엘 가봐야겠다는 말이 꿈속에선지 아닌지는 여전히 종잡을 수 없었다.

9

아이는 나타나지 않았다. 며칠간 방문객은 우편배달부뿐이었다. 그는 퇴사한 선박회사의 기관지를 건네주고는 돌아갔다.

10

보고 싶은 사람을 기다리는 것은 뻐저린 일이다, 라는 것을 나는 절감했다. 저절로 그렇게 되었다. 그 무엇도 손에 잡히지 않았다. 낚싯대에도 손이 가지 않았다. 밖에서 인기척이 나서 나가보면 죄다 생선회의 맛과 가격에 대해 떠드는 관광객이거나 운동중인 마을 사람들이었다. 그마저도 없을 때는 너무 조용하여 서운하기조차 했다. 매시 매분 쓸쓸함이 감싸고 돌며 옥죄어왔다.

그 강도가 너무 심하여 한번은 떠밀리듯 집을 나섰는데 사람 많은 선착장을 피하다보니 마을 안으로 접어들게 되었다. 신축 마을회관을 돌아 오래된 골목을 걸어올라가자 초등학교가 나타났다. 그곳에 운동장이 있었다. 그곳도 오후 햇살만 조용히 가득했다.

나는 연못이 있던 자리로 찾아갔다. 동물원 팻말이 붙어 있던 곳에는 평행봉이 박혀 있고 연못도 메워져 간이 씨름장으로 변해 있었다. 아이들이 서로 바짓가랑이를 잡고 허리를 비틀어보기는 한 모양인지 모래에 아이스크림 포장지들이 반쯤 파묻혀 있었다.

나는 세로로 반쯤 박혀 있는 폐타이어에 앉아 담배를 한 대 피웠다. 연기는 늦은 오후 햇살 사이를 파고들며 천천히 솟아올랐다. 약간의 물기와 물때를 품고 있는 돌멩이들이 있어 예전에 이곳이 연못이었다는 증거 역할을 하고 있거나, 이렇게 흔적도 없이 사라진 것 두 가지 중 어떤 게 옛날을 떠올려보기에 더 나은지 생각해보기도 했다.

내 손가락을 꼬물거리게 했던 금붕어들은 어떻게 되었을까. 금붕어는 그렇게 오래 살진 못하지만, 사람이 사람을 낳듯 알을 낳았을 텐데. 매립을 할 때 그냥 덮여버렸을까, 아니면 누군가의 어항으로 옮겨갔을까.

그리고 여섯 살 때 죽어버렸다면 지금쯤 나는 어디의 무엇일까, 아내는 누구랑 결혼하게 됐을까, 어떤 사람이 대신 선장이 되어서 바다를 누볐을까, 내가 일찌감치 다른 곳에서 어떤 것이 되었다면 그 때문에 생긴 세상의 변화는 무얼까, 하는 별 의미 없는 궁리도 한동안 이어졌는데 그래봤자 상실과 무료함의 부스러기 같은 거였다. 우리는 어떤 경우라도 한 가지 형태로만 현재를 유지할 수 있으니까.

학교 뒤편에서 초등학생으로 보이는 애 하나가 걸어나왔다. 예전에 내 집을 탐험하러 온 애들 중 하나려니 여겨서 나는 이야기가 하고 싶어졌다. 그만큼 심심했다. 그러나 내가 앉은 곳과 정문은 제법 거리가 있었다. 일어서서 따라갔고 손을 들어 부르려는 찰나 그애는 정문을 빠져나갔다.

나는 걸음을 서둘렀다. 정문을 돌아나왔으나 그애는 골목 저편으로 또 꺾어서 사라지고 있는 중이었다. 이럴 때를 대비해서 사람들은 이름을 짓는 모양이군, 나는 더 빠른 걸음으로 걸었다.

애가 알은척을 해오고 학교에는 무슨 일이냐고 물어오면 나는 탐험 왔다고 대답을 해줄 작정이었다. 그리고 '학교를 왜 탐험해요?'라고 한다면 '왜, 니네는 내 집을 탐험해도 되고 나는 안 되니?' 대꾸도 해주려고 했는데 그럴 기회는 만들어지지 않았다. 한 번 더 골목을 돌았을 때는 아무런 자취도 없었다.

그러다보니 오래전 우리집 앞이었다. 마치 미스터리 영화처럼 그애가 나를 이곳에 데려다놓고 사라져버린 것 같았다. 대문이 떨어져나간, 이끼가 잔뜩 끼어 있는 돌담 사이를 통과해 나는 안으로 들어갔다. 지붕은 절반이 무너진 상태였고 벌어진 틈에서는 웃자란 머리카락처럼 풀과 나무가 돋아나 있었다. 그 아래로 삐져나온 서까래와 칸마다 구멍이 나 있는 창호지 문이 최후의 몰락을 간신히 견뎌내는 중이었다.

그나마 형태를 유지하고 있는 것은 마루였다. 켜켜이 내려앉은 먼지 사이로 사람 하나 앉을 만큼 걸레질이 되어 있었는데 그것은 누군가 마당에 심어놓은 고추나 상추와 연관 있어 보였다. 그랬을 것이다. 섬사람들은 약간의 땅이라도 그냥 두는 법이 없으니까.

한마디로 무관심 속의 쇠락과 타인의 손길이 어색하게 뒤섞인 모습. 반년 전 섬에 들어왔을 때 와보기는 했지만 들어와보기는 이번이 처음이었다. 나는 동네 할머니 중 한 명이 만들어놓았을 마루의 그 자리에 앉아 약간의 감흥에 젖었다.

감흥은 돌담 아래서 나를 바라보고 있는 회색 고양이 때문이기도 했다. 무심코 그 녀석을 발견했는데 마치 이 집의 주인인 것처럼 보여서 그 순간 허락도 받지 않고 무단 침입한 손님이 된 기분이었다. 말인즉 맞다. 어머니가 팔고 나갔기에 우리집이 아니었으니까.

고양이는 제법 뚱뚱하고 낫살도 먹어 보여서 할아버지나 할머니, 또는 어머니나 아버지의 오래 묵은 변신같이 여겨졌던 것이다. 뭣하느라 이제야 왔냐? 그러고 있는 것 같았다. 그것은 몇십 년의 시간이 주는 불편한 환각이었다. 긴 시간이 흐른 다음 같은 것을 맞닥뜨린 때의 기묘한 느낌 같은 것 말이다. 이를테면 환갑에 자신의 첫돌 사진을 들여다보는 것 같은.

고양이는 털끝 하나 움직이지 않고 나를 바라보기만 했다. 그러다 내가 오라고 손짓하자 기다렸다는 듯이 돌아서 가버렸다. 아내는 죽기 직전 이곳에 와보고 싶다고 했다. 그전에도 비슷한 대화를 나눈 적이 있었다. 고향을 찾지 않는 나를 그녀는 조금은 이상하게 생각한 것이다.

"한 번쯤 가고 싶지 않아?"

"그럴 생각이 안 들어."

"그래도 어렸을 때 살았던 곳이잖아. 보통은 한 번씩 그리워하는데."

그러긴 했다. 우리 세대의 고향은 애증을 동시에 준다. 사랑하자니 거기에서 받았던 상처가 크고 미워하자니 마음껏 뛰놀았던 시공간이 있으니까. 어쨌든 몸과 마음이 생겨난 곳이니까.

"죄짓고 나온 것도 아니고."

"생각이야 한 번씩 나는데."

나는 말끝을 흐렸었다.

"어머니도 돌아가셨는데 당신이 한 번쯤 가보는 게 좋지 않아?"

"뭐, 가볼 날이 있겠지."

"당신이 나고 자란 곳을 내가 한 번도 못 본다는 것도 좀 이상해."

그러나 끝내 같이 오지 못했다. 아내가 수평선으로 가버리고 난 다음 나 혼자 이렇게 와 있는 것이다. 그때 왔다면 좋았을걸, 후회가 밀려들었다. 그런 생각은 마음을 더 쓸쓸하게 만들었다.

나는 큰동생에게 전화를 걸어 지금 옛날 우리집 마당에 앉아 있으며, 집 모양이 이렇게 변했으며, 주인 행세를 하는 고양이며, 네가 넘어져 이마를 찧었던 마루에 두텁게 쌓인 먼지며, 막내가 뚫어놓은 창호지 구멍을 때운 자국이며, 할아버지 초상 치렀을 때 화투 치던 풍경 따위를 회상과 현실이 뒤섞인 채 줄줄이 늘어놓았고 뒤이어 막내에게도 전화를 걸어 비슷하게 되풀이했다. 하지만 그걸로도 쓸쓸한 마음이 가시지 않아 종내는 딸에게까지 전화를 했고 보고 싶다고 말하고 말았다.

이틀 뒤 딸이 찾아왔다. 딸은 임신중이었다. 사십구재 지나고 섬으로 들어온 다음 임신을 했다고 전해왔었는데 그때는 결혼을 했으니 당연하다는 정도로 받아들였었다.

슬픈 일이 찾아왔을 때 모든 걸 방기한 채 술 취해 울기만 하는 것은 참으로 쉬운 짓이다. 선장 직책이 몸에 배서 그렇겠지만 나는 무너지는 모습은 보이지 말아야 한다고 스스로 다짐했다. 고향섬을 떠올렸던 건 마음껏 울고 싶은 공간을 하나 갖고 싶었기 때문이기도 했다는 게 솔직한 심정이다.

하긴 그랬다. 아내의 죽음은 회사 네트워크를 통해 빠르게 전파되었다. 삼십 년 동안 만났던 동료들, 숱한 선장과 항해사, 기관장과 기관사, 갑판장과 조리장 들이 장례식장으로 찾아왔고 그때마다 그들과 술잔을 놓고 앉았지만 붙잡고 울 사람은 없었다. 내가 동료들 자리에 앉으면 검정 상복 차림의 딸아이는 방문객을 맞이하고 안내했으며 한가할 때는 영정 사진을 만지며 무언가 말을 걸곤 했다. 보고 있는 내 마음이 아팠다.

딸은 어색하게 손을 흔들며 배에서 내렸다. 한 사람의 죽음과 새로운 탄생을 준비하는 그 중간에 그녀가 있었다. 줄무늬 원피스를 입고 있었는데 자세히 보지 않아도 아랫배가 조금 튀어나와 있었다.

"오 개월째야."

딸은 씨익 웃었다. 나는 입덧 여부부터 물었다.

"심하지는 않아. 아직도 김치를 못 먹겠는 거 외에는."

자연스럽게 아내의 모습이 오버랩되었다. 두툼한 커트 머리를 한 아내는 주근깨 몇 개를 움직이며 말했다. 애가 선 게 맞대요. 당시 유행하던, 혜은이라는 가수가 했던 머리였다.

아내의 임신 소식을 들으면 남편은 이상한 기분에 휩싸이게 된다. 생판 남남으로 살다가 우연히 만난 둘 사이에 생명체가 생겼다는 게 이상하면서 동시에 오묘한 성취감을 준다. 여성에 대한 경이로움과 감히 이래도 되는가 하는 불안감까지 복잡하게 뒤엉킨다. 어떤 아이가 태어날까에 대한 설렘도. 아내도 마찬가지였을 것이다.

딸은 걷고 싶다고 했다. 그럴 만했다. 임신한 몸으로 두 시간 넘게 배를 타고 왔으니까. 자전거 짐칸에 가방을 묶고서 우리는 걸었다. 배가 묶여 있는 선착장과 가게들, 수협과 우체국과 해경 파출소가 지나갔다. 딸이냐고 말을 건네오는 이도 있었다. 그들은 황금색 머리카락 아이와 딸과의 관계에 대해 골똘히 고민했을 것이다.

딸아이는 집 주변과 실내를 살펴보고 곰팡이 핀 곳을 가리켰으며 이불 냄새를 맡아보기도 했다. 혼자된 아버지를 걱정하는 딸의 마음이었겠지만 자취생이 어머니에게 검사를 받는 것 같은 기분이 들기도 했다. 그래도 텅 빈 집에 사람이 들어왔다는 안도감이 더 컸다. 아이가 사라져버린 뒤로 나는 몹시도 허전하고 무기력했으니까. 외출은 학교와 예전 집에 가본 게 전부였고 청소와 설거지도 딸을 마중 나가기 전 간신히 해놓은 상태였다. 그녀는 별소리 없이 가지고 온 재료로 불고기를 만들었다.

"미안. 내가 냄새를 못 맡겠어서 김치는 안 사왔어."

우리는 앉은뱅이 밥상에 불고기를 놓고 식사를 했다. 김치 대신 양파를 먹었다. 오랜만에 가족과 함께 밥을 먹는다는 사실만으로 조금 울컥하기도 했다. 밥을 먹고 나서 딸은 누워 있고 싶어했다. 나는 작은방을 가리켰다. 담 너머에서 뻗쳐온 예덕나무 잎이 창문에 달라붙어 있는 그곳에는 아이가 썼던 이불이 그대로 깔려 있었다.

방으로 들어간 딸은 곧바로 종이를 들고 나왔다.

"이건 무슨 그림이야?"

두 장이 겹쳐 두 번 접힌 것으로 생텍스가 그려준 양 그림과 내가 그려준 물고기 그림이었다.

"어디에 있던?"

"베개 옆에 있던데."

아이가 누웠던 자리를 건들고 싶지 않아서 베개도 그대로 두었던 것이다.

"무슨 그림이 이렇게 엉성해?"

딸은 두 장을 번갈아 바라보았다. 이애도 『어린 왕자』를 읽었는데 워낙 오래전이라 연관 짓지 못하는 듯했다. 내 그림이 방해를 해서 그러는 것 같기도 했다. 나는 잘못한 짓을 들킨 사람처럼 뛰는 가슴을 누르며 거짓말을 했다.

"동네 애들이 와서 그린 거야."

"애들도 놀러와?"

"응, 낯선 사람이 와서 사니까 탐험을 오더라."

"아빠 심심하지는 않겠구나."

나는 그림을 받아들었다. 딸은 다시 방으로 들어갔고 잠이 들었다. 물에 젖으면 안 되니까 바닷속에 들어갈 때 머리맡에 두었을 것이다. 그리고 잊어버리고 가지도 않았을 테니 영영 가버린 것은 아닐 것이다. 그나저나 사막에 가겠다는 게 진짜였을까, 꿈이었을까.

만약 지금 돌아오면 딸한테 어떻게 설명을 해야 할까. 설명이 되기는 할까. 딸애도 마을 사람들처럼 외국에서 낳아온 아이로 오해하지 않을까. 오해를 한다 해도 십 분만 같이 있어보면 풀릴 것이므로 차라리 와버리면 좋겠다는 생각도 들었다. 그러면 확실하고 유일한 증인이 딸애가 될 것이다. 지금 상태에서 아주 가버리면 어린 왕자를 만났다는 어떤 증거도 남지 않을 테니까.

그러자니 또다시 불안감이 찾아왔다. 함께했던 기억은 뚜렷하지만 그게 착각이라면? 뇌세포의 노화나 충격에 의한 망상으로 있지도 않은 아이를 만들어내고 그림을 그렸는지도 모른다. 외국에서 아들을 낳아왔느냐는 주민들 말을 듣고 안심을 하기는 했지만 그것마저도 착각이라면? 만들어낸 공상을 스스로 믿어버린 거라면? 그렇게 생각하다보니 점점 자신이 없어졌다.

바깥은 조용하기만 했다. 사람들 지나가는 소리도 나지 않았다. 오래 잘 것 같던 딸은 한 시간 만에 일어나서 제 남편과 통화를 했으며, 나에게도 바꿔주었고, 빤한 인사가 오고간 다음 사과를 깎아 옆에 앉았다.

"엄마 생각 많이 나지?"

"넌 어떠니?"

"당연히 많이 나지. 특히 임신하고 나서 유난히 많이 나."

"그러겠지. 네 엄마한테 아이를 보여줄 수 있으면 참 좋을 텐데."

딸 눈가가 촉촉해졌다. 우리 자리가 눈물바람이 되는 것은 원치 않았지만 감정이란 게 마음먹은 대로 되지 않는 법이다. 어른 되는 방법이 여러 가지 있겠으나 가장 단순한 방법은 부모의 부재다. 어른이 아니면 살아남을 수 없기 때문에. 아버지가 사라지자

내가 가장 역할을 해야 했던 것처럼. 아버지는 끝내 돌아오지 않았고 어머니 장례를 치른 뒤 실종신고를 냈으며 오 년 뒤 주민등록 사망말소가 되었다. 아버지는 가장 특이한 방법으로 자신의 존재를 거둬간 것이다. 딸은 눈물을 훔쳐냈다.

"애한테 괜찮을까?"

"슬픔도 사람 정서인데 당연히 물려줘야지. 특히 엄마가 지 엄마를 그리워하면서 흘리는 눈물인데 뭐."

그러면서 딸애는 웃었다.

이 아이가 태어나던 때가 생각났다. 이등항해사 막바지 시절이었고 태평양 복판에서 그 소식을 들었다. 출산한 아내와 아기가 보고 싶은데 내 앞에는 브라질에서 실은 철광석만 잔뜩 쌓여 있고 그 외에는 바닷물뿐이었다. 그리고 수평선. 선장과 동료들이 샴페인 병을 들고 와 축하를 해주었지만, 그래서 별 위안은 되지 못했다. 시간은 끝없이 늘어져서 새벽이 오는 것도, 저녁이 오는 것도 지루하기만 했다.

아이는 한 달 반 뒤에야 만날 수 있었다. 조그마한 게 강보에 싸여 잠들어 있었다. 위로 뻗은 머리카락, 아주 작은 손과 발, 꼭 감은 눈, 더 작은 콧날과 입술. 갓난아이는 배가 고프면 깨서 울고 젖을 먹고는 옹알이를 하다가 잠이 들었다. 까탈 부리지 않는 게 제 엄마와 닮아 있었다.

세상에서 가장 보기 좋은 생명체는 잠들어 있는 어린아이이다. 완벽한 평온과 행복이 있다면 그것은 세상을 알기 전에 드는 잠이다. 잠이 평화라니, 세상에…… 그런 생각을 하면서 잠든 아이의 얼굴을 들여다보았고 그럴 때마다 아내가 웃었다.

그 아내는 딸을 키우고 결혼을 시킨 다음 세상을 떴다. 그 딸이 이제 자신의 출산을 앞두고 있었다. 마치 시간이란 생물체가 나타나 '저는 이런 모습으로 제 수명을 연장하고 있답니다' 말이라도 하는 것 같았다. 어쩌면 아이를 낳고 키우는 게 우리 종족이 우주의 시간을 견디는 방법 아닐까. 그러니 탄생의 경이로움이 무심한 일상으로 가라앉아가는 것이지. 다들 그게 인생이라고 말하는 거겠지.

나는 손을 뻗어 딸의 손을 잡았다. 손에는 눈물 자국이 묻어 있었다.

"네가 우니까 마음이 안 좋다."

바닷속에서 엄마 모습을 보았다고는 차마 말이 나오지 않았다. 그것을 말하려면 아이가 찾아왔을 때부터 시작해야 하니까. 그래서 일반적인 형태로 비틀어서 말을 이었다.

"엄마를 봤다."

"꿈에서?"

"응."

"어땠어?"

딸은 기대에 찬 눈빛으로 바라보았다. 자식 입장에서 부부 사이에는 더 강하게 연결된 그 무언가가 있으리라 생각하는 거였다. 만약 아내가 딸의 꿈에 나왔다면 나도 그랬을 것이다. 엄마와 딸 사이니 암시나 사인 같은 게 있었을 거라고.

"아주 작은 가루로 흩어지더라."

"가루?"

"응."

"보통은 잘 있다거나 뭔가가 불편하다고 호소하거나 하는 거 아니야?"

"그동안 들어왔던 게 그런 말들이기는 하지. 근데 엄마는 안 하더라. 안개처럼 가루로 흩어져서 멀리 날아만 가더라. 수평선 쪽으로."

"우리 엄마 특이하네."

"……"

"아빠가 특이한 건가? 엄마나 아빠는 특이한 스타일들은 아닌데."

"엄마는 어땠니?"

"무슨 말이야?"

"딸 입장에서 본 엄마 말이다."

침묵이 잠시 생긴 뒤 답이 나왔다.

"너무 평범한 사람? 지극히 평범해서 그게 특별한 게 돼버린 존재?"

"좀 그랬지."

"정말 그랬던 것 같아. 쉽게 말해 나를 한 번도 놀래킨 적이 없는 사람?"

나는 으응, 소리를 내며 고개를 끄덕였다.

"사람들은 누구나 어떤 특징이 있잖아. 술을 싫어하거나, 아침잠이 유난히 많거나, 병치레가 잦거나, 엄청 용감한데 개는 무서워해서 강아지 근처에도 못 가거나. 내 친구 중에 그런 애가 있거든. 아무튼 비가 오면 우울해하거나 그런 특징 말이야. 그런데 엄마는 그런 게 하나도 없었던 것 같아. 정말로."

"……"

"만 명의 사람을 합쳐놓고 평균치를 내면 딱 그 사람인 거 같은 느낌."

"난 어떤 거 같니?"

"아빠는……"

그래놓고 우리 둘은 살짝 웃었다.

"늘 없었던 사람, 이란 게 먼저 드는 느낌이야. 직업이 그러니까. 엄마를 생각할 때랑은 좀 각도가 다르지만 그 느낌이 너무 강해."

"그거야 당연한 거겠지."

"또 있어."

"뭔데?"

"말해도 돼?"

"해봐. 궁금하잖아."

"의견을 말하는 사람. 엄마가 의견을 말하지 않는 사람이라 상대적으로 그런 느낌인지는 모르겠지만."

"그래? 뭔가 가해자가 된 기분이다."

"서운해?"

"서운하다기보다는."

사실이 그랬다. 그녀는 모든 것을 내 기분, 판단에 맞춰주었다. 바다에서 고생하며 돈 벌어온다는 이유 하나로. 다만 천성인지 의도적인 인내인지, 구분해보지 못했다.

"근데 엄마는 어차피 가루가 돼 있잖아. 납골당에서."

"그 이야기다. 조만간 엄마를 세상에 뿌려야겠다고 생각한다."

"정말?"

"그래서 네 허락을 받고 싶어."

"엄마가 좋아할까."

"모르겠다. 그냥 그래야 할 것만 같은 거야. 물론 세상에 뿌리면 어디든 엄마가 있다, 그런 뻔한 소리를 하려는 것은 아니고."

"그건 맞아. 언젠가 아빠가 보고 싶다고 하니까 엄마가 이렇게 말했어. 그렇게 보고 싶으면 바닷가에 가봐라. 아빠는 바다에 있으니까."

"그랬니?"

"응. 아홉 살이었나 그랬어. 엄마 말대로 바다로 가봤어. 아빠가 바다에 있는 건 맞는데, 너무 넓어서 어느 쪽을 봐도 보이지 않고, 느껴지지도 않고. 그래서 울었거든. 수평선밖에 없어서. 엄마를 세상에 뿌리면 꼭 그런 기분일 것 같아."

이번에는 내가 대답을 하지 못했다.

"그래도 엄마가 거기에 있어서 나는 찾아갈 곳이 있는데."

"……"

"애가 태어날 때까지만 그냥 둬줘. 그때까지라도 엄마한테 가보고 싶으니까."

"그러자. 나도 당장 하고 싶지는 않다."

"근데 아까 그 그림 있잖아. 정말 아이들이 그린 거야?"

"아이들이 장난치면서 그린 거라니까."

"왜 그 그림이 베개 옆에 있지?"

"기억이 안 난다."

나는 얼버무렸다.

11

하루만 자고 딸은 손톱만큼 더 불어난 배를 하고서 돌아갔다. 한 이틀 더 있고 싶어했으나 풍랑이 몰려오고 있었다. 바람도 남동풍으로 바뀌었다. 날이 흐렸지만 비는 내리지 않았다. 여객선 선착장에 도착하여 꾸려놓은 미역과 말린 장어 포장을 자전거에서 내리자 딸은 내 목을 끌어안았다.

"언제까지 여기에 있을 거야?"

"글쎄, 잘 모르겠다."

"아이 낳기 전에 한번 더 와질지 모르겠어."

"어어, 그러지 마라. 산달에 맞춰 내가 나가마."

딸은 한마디를 덧붙였다.

"어떻게 들릴지 모르겠지만 이제야 엄마 아빠가 부부 같아."

그러고서 배에 올랐고 조금 있다가 멀어졌다. 여객선 안에서 손 흔드는 모습을 바라볼 때는 어색하고 겸연쩍기까지 했는데 막상 멀어지자 기약도 없이 가버리는 것만 같았다. 나를 두고 떠나가는 이들의 명단에 딸아이마저 등록된 것 같아 여객선이 뿌려놓은 흰 물보라만 한동안 멍하니 바라보았다. 곧이어 가는 이를 재촉하듯, 남은 이를 짓누르듯 비가 내리기 시작했다.

텅 빈 집으로 들어갈 마음이 생길 리 없었다. 한동안 서성거리던 나는 낚싯배 하는 후배에게 전화를 걸었고 결국 그의 가게로 들어갔다. 그는 옆 식당 활어 칸에 넣어둔 쟁방어를 찾아왔다.

"어제 낚은 것인데 형님 차지구만요."

그는 재빠르게 피를 빼고 내장을 긁어낸 다음 회를 쳤다. 커다란 물고기가 파닥거리다가 해체되어 고기토막으로 변하는 모습을 나는 쪼그려앉아 구경했다.

휴가 때 육지 친구들을 만나는 경우가 종종 있었다. 그들은 무엇을 먹을까 하다가 으레 나를 지목하고는 육고기 먹으러 가자, 쟤는 선원이라 회는 맨날 먹을 텐데, 하곤 했다. 그럴 때마다 손을 내저었다. 화물선 선원들은 회를 자주 먹지 못한다. 고기 잡는 배가 아니니까. 대신 일주일에 한 번, 토요일 점심에는 냉동 참치나 연어회가 나왔다. 어릴 적부터 생선을 먹으며 입맛이 만들어졌기에 선장이 되어서도 토요일을 기다리곤 했다.

내리는 비를 바라보며, 빗소리를 들으며 생선회에 술을 마셨다.

이럴 땐 세상에 술이 있다는 것이 참으로 다행이었다. 섬마을은 비가 오면 잔뜩 가라앉은 곳이 된다. 그것만으로 고즈넉한 풍경이 된다. 하지만 내가 그 풍경의 일부분이 되는 것은 참으로 서글픈 일이다. 대도시의 야경이 아름답지만 야근을 하는 사람들은 고달픈 것처럼.

아이는 정말 사막으로 갔을까. 메마른 사막과 비 내리는 섬마을 포구. 바짝 마른 모래알과 촉촉한 빗물. 모래언덕과 파도. 햇빛과 수분. 갈증과 물 중독. 결핍과 과잉. 그 간극만큼 아이가 나에게서 멀어진 느낌이었다. 마치 사막이 있기 때문에 비 내리는 섬마을이 생겨버렸다고 누군가가 선포하는 것 같았다.

사막으로 갔다면 왜 간 것일까, 그때 밀항자는 무엇 때문에 간 것일까, 생텍스는 엔진 고장으로 비상착륙을 했다지만 왜 그들은 그곳으로 찾아갔을까, 생각은 뒤엉키기 시작했다.

"딸이 가서 서운하시죠?"

후배가 빈 잔을 채우며 말했다. 나도 그의 잔에 술을 따랐다.

"사실 좀 그래."

"근데 그 금발 아이는 어디 갔어요?"

역시나 아이가 온 것은 사실이야, 나는 생각했다.

"소문에 형님 아들이라고 하던데."

"아니야."

"그러면?"

후배는 웬만하면 듣고 말겠다는 얼굴을 했다. 이야기를 엿들은 그의 아내까지 다가와 나를 바라보았다. 나는 벽에 가로막힌 기분이었다.

"그냥 순수한 한 아이야."

"그건 우리가 봐도 그래요."

"옛날에도 그랬고 지금도 그렇고 나중에도 그럴 아이."

"뭔 소리예요, 그게?"

"그렇게밖에 설명 못해."

후배는 뜸을 들인 다음 입을 열었다.

"형님."

"왜?"

"그냥 아들이라고 실토하세요."

"예, 그러세요. 정말 예쁘게 생겼던데."

그의 아내도 거들었다. 순간 나는, 그래 사실이다, 로테르담 어느 카페에서 리투아니아 출신 여자를 만난 적이 있다, 그녀는 그곳에서 파트타임으로 일을 하고 있었다, 일이 끝나고 내 자리로 왔다, 나는 트리펠 맥주를 마시고 그녀에게는 샴페인을 사주었다, 그날 하룻밤 사랑을 나눴다, 다음해에 갔더니 아이를 낳아놨더라, 그동안 아내 몰래 양육비를 보내주었는데 얼마 전에 그녀가 리투아니아로 돌아간다면서 아이를 데리고 왔다, 인천공항에 가서 만났다…… 이렇게 떠벌려줘버릴까 하는 충동을 느꼈다. 그들이 원하는 대답은 이런 것일 테고, 나는 지금 생선회와 술을 공짜로 얻어먹고 있으니 말이다. 그러나 그럴 기분은 계속 아니었다. 내가 말이 없자 그들은 슬며시 수긍으로 받아들였다. 후배가 웃음을 머금으며 낮은 목소리로 말했다.

"우리 현미랑 혼약을 맺읍시다."

"여보."

"애가 예쁘게 생겼다고 당신도 그랬잖아."

"그건 그렇지만 현미가 몇 살인데?"

"차라리 이렇게 해버리는 게 좋아. 어차피 섬 떠나면 다들 제멋대로 연애해서 난리잖아. 아, 형님도 생각해봐요. 남자들 장가가기가 점점 더 어렵잖아요. 그러니……"

나는 유치원 다니는 후배 부부의 늦둥이 막내딸을 떠올렸다. 그러면서 멀고 먼 지구, 그곳에서도 외따로 떨어진 섬에서 결혼하여 정착하는 어린 왕자를 상상해보았고, 그것은 그것대로 괜찮은 그림이라는 생각이 들어서 '이민 온 어린 왕자' '어린 왕자, 지구에서 새살림 차리고 정착' '어린 왕자, 대한민국 주민등록증 발급받다' '어린 왕자, 뒤늦은 초등학교 입학—나중 군복무 문제는 어떻게 되나' 이런 신문기사 제목도 그려보았다. 하지만 나는 고개를 저으며 아들이 아닌 것이 분명한데, 궁금하겠지만 다음에 자세히 설명해주겠다고 말해서 그들을 더욱 궁금하게 만들어놓은 다음 사실 며칠째 그 아이를 기다리고 있다고 덧붙였다.

말 그대로 나는 아이를 기다리는 중이었다. 그동안 이렇게 누군가를 기다린 적은 없었다. 아버지가 집을 나갔을 때 잠시 기다리기는 했다. 어머니의 잔소리나 나무하기가 괴로워서 그랬지만, 마작을 하더라도 좋으니 아버지가 있었으면 하는 마음이 없지 않았다.

생각해보니 누군가를 기다려본 경험이 그게 다여서 스스로도 좀 놀랐다. 나는 기다리는 사람이 아니라 기다리게 하는 사람이었다. 딸아이를 배웅하면서도 역할 바꾸기 게임을 하는 것만 같았다. '이젠 네가 보내고, 기다릴 차례야' 하고 운명의 여신이 시킨 것처럼.

엄마가 죽어서 슬피 울었던 중학교 때의 친구처럼, 역시나 불편과 피로는 남아 있는 이들의 몫이었다. 감전된 듯 나는 고개를 한 번 더 흔들었다. 비는 조금씩 거세지기 시작했다. 저녁 여섯시 반의 주차장, 차들이 들어차는 모습을 보는 아내처럼 텅 빈 곳을 채우는 빗줄기를 바라보고 있는데 후배의 동료로 보이는 두 사람이 비옷을 걸친 채 물을 뚝뚝 흘리며 가게로 들어왔다.

"어허, 파도가 제법 높아지는구먼."

그들은 나를 알아보고 가볍게 눈인사를 했다. 나도 그렇게 했다. 어느 정도 안면이 있는 이들이었다. 따져보면 이 친구들은 나와 함께 학교를 다녔을 것이다. 내가 나뭇짐을 묶고 도시락으로 고구마를 싸가지고 다니던 오학년이나 육학년 때 콧물 흘리며 입학했었을 것이다. 또한 고모의 먼 시댁 친척이 되기도 할 터였다.

섬이란 그런 곳이니까. 하지만 나는 동문회 분위기를 만들어낼 기분이 아니었다.

술상에 걸터앉은 그들도 술을 마셨다. 나는 그저 물어오는 말에나 대답하며 비 맞은 갈매기처럼 고개를 처박고 잠자는 것 같은 자세로 앉아 있었다. 항구에서 부산 가는 버스를 탔다고 딸이 전화를 해올 때까지 그러고 있었다.

"내내 엄마 사진을 들여다보고 있었어."

"그래, 엄마가 뭐라고 하니?"

"뭐라고 하기는. 그냥 바라보고 있기만 하지. 그러고 보면 사람이 가장 순할 때가 사진으로 있을 때 같아."

"무슨 소리야?"

"아빠한테 말은 안 했지만 엄마가 나한테 스트레스를 부리기도 했거든."

"그래, 사람이니 어째 안 그랬겠니."

"그렇다는 소리야. 심하진 않았어. 아빠 술 마셔?"

"응. 비도 오고 그래서 한잔 마신다."

"집에서?"

"아니, 낚싯배 하는 후배네 가게. 제수씨가 밥 차려줘서 밥도 먹었으니 걱정 말고."

"조금만 마셔."

"그래. 네 뱃속의 아이에게 내가 사랑한다고 전해다오."

"아빠, 벌써 할아버지가 된 것 같아. 알았어."

딸은 전화를 끊었다.

"형님, 우세요?"

"아니, 그냥 좀 마음이 그래서."

나도 모르게 눈물이 나왔던 것이다. 뒤늦게 찾아온 두 명은 머쓱한 표정으로 딴 데를 바라보았다. 이 정도면 이제 그만 집에 가야겠다는 판단이 섰으나 그러지 않고 있었다. 못하고 있었다.

"한 병만 더 마시자."

후배는 머뭇거리다가 한 병 더 가지고 왔다. 그런 날 있다. 평생 살면서 최소한 한 번은 마주치게 되는 날. 아무것도 하고 싶지 않고 허전함만 끝까지 확장되는 날. 만약 그것 때문에 경찰이 체포하러 온다고 해도 그러라고 해버리고 싶은 날. 다만 몇 시간만 기다려달라고 부탁하고 싶은 날. 딸아이는 돌아갔고 아이는 돌아오지 않는, 비가 내리는 밤. 모두가 나에게서 떠나가고 있다는 느낌만 강렬했다. 심지어 태양도 나를 피해 져버린 것 같고 평온하던 날씨도 내가 싫어 멀리 가버린 것만 같았다. 바람도 불어오는 게 아니라 불어가버리는 것만 같은 그런 기분이었다.

태워주겠다는 것을 억지로 떨쳐내며 나오자 빗물이 얼굴을 후려쳤다. 후배 부부는 걱정스런 얼굴을 했고 나는 괜찮다는 동작을 과장되게 해 보였다. 얼른 눈앞에서 벗어나야 한다는 것만 생각했고 비틀거렸다. 꼴사나운 일이지만 그러고 있었다.

제 엄마 사진을 바라보는 딸. 그 엄마는 이제 한 가지 표정만 하고 있다. 하지만 아버지는 자전거를 밀며 빗속에서 출렁거리고 있다. 이런 모습이 부끄럽기는 했지만 취기가 그런 기분을 어느 정도 덮어주고 있었다. 젠장, 살아 있는 몸이니 어찌 안 그럴 수 있겠는가. 칠십대 노인이 그런다 해도 거기에는 나름의 이유가 있을 터인데.

비는 쏟아졌다. 도로와 가로수, 뒷산을 적시던 빗줄기가 머리와 셔츠를 덮쳐왔다. 웅덩이를 밟은 탓에 신발은 이미 빗물이 넘쳐흘렀다. 바람도 터졌다. 섬에서는 비가 수직으로 오지 않는다. 대부분 바람을 업고 오기에 사선이다. 그 빗물이 얼굴을 거듭 때렸다. 이런 날 이런 기분이면 비틀거리는 게 더 나았다. 비틀거리는 것도 걷는 방법 중 하나니까.

마주 오던 차 불빛이 지나가다가 뒤늦게 경적을 울렸다. 아마도 아는 사람이었을 것이다. 괜찮다는 신호로 한 손을 내젓고는 그대로 걸었고 그 차도 그러했다. 홀딱 젖은 사람을 태우는 것도 못할 짓일 테니까.

그리고 집에 도착했을 때 또 한번 얼어붙는 줄 알았다. 입구에 그가 서 있었던 것이다. 여러 날 사라져버렸던 아이. 네모난 처마 아래서 비 내리는 바다를 바라보고 있는 그를 가로등 불빛이 가녀리게 비추고 있었다. 현관도 잠그지 않았는데.

지나가던 차의 경적은 어쩌면 집 앞에 아이가 서 있다는 신호였는지도 몰랐다. 달려간 나는 얼굴을 들여다본 다음 껴안아버렸다. 친딸에게도 하지 않았던 행위였다. 아이는 붙잡으면 붙잡힌 채로, 껴안으면 안긴 채로 가만히 있었다.

"언제 왔어?"

"조금 전에. 아저씨를 불렀는데 대답이 없었어."

"그렇다고 이렇게 비를 맞고 있어?"

"아저씨도 맞고 있잖아."

술냄새 풍길까봐 나는 고개를 한쪽으로 비틀며 문을 열었다.

"잠깐만."

"왜?"

"그것들이 함께 왔어."

"그것들?"

"응. 아저씨가 철새라고 불렀던, 나랑 여행하는."

"아, 아. 어디?"

"여기."

손가락이 가리키는 돌담 아래 완전하지 않은 구球 형태의 그것이 꾸물거리고 있었다. 나는 그것처럼 꿀렁거리며 서둘러 손님을 맞았다. 그것은 천천히 이동해서 거실 한쪽에 자리를 잡았다.

"이애들은 좀 쉬어야 해. 다친 상태로 간신히 날아왔거든."

"다쳐? 왜?"

아이는 대답이 없었다. 아이가 대답을 하지 않을 때는 분명한 이유가 있었기에 나는 침을 삼키며 바라보다가 수건을 가지고 오는 것으로 어색한 시간을 메웠다.

"근데 있잖아."

"응."

"흩어진 것들이 전부 모인 거야?"

"아니."

"좀 커진 것 같은데?"

"오래전 지구에 두고 간 것을 만났어."

아이가 그것 쪽으로 고개를 더 숙였기에 어디서? 소리가 입안으로 도로 들어가버렸다. 약간의 시간이 흐른 다음 아이는 내 옆으로 다가왔다. 나는 수건으로 아이와 내 얼굴을 닦았다.

"그나저나 어디를 갔다 온 거야?"

"……"

"얼마나 기다렸다고."

"이 그림이 왜 여기 있어?"

아이는 키 작은 탁자에 놓여 있는 그림을 집어들었다. 그게 그곳에 계속 있었다는 것을 나는 모르고 있었다.

"아, 딸이 방에서 가지고 나왔어."

"아저씨 딸?"

"응, 어제 왔다가 아까 갔거든."

"왜 갔어?"

"날씨도 안 좋은데다 아이를 가져서 조심해야 하거든…… 오 개월 뒤면 아이가 태어나. 그것은 내가 할아버지가 된다는 소리야."

"좋은 일이야?"

"그럼. 아이가 태어난다는 것은 좋은 일이지."

좀 웃으며 나는 말을 이었다.

"딸이 그러더라. 도대체 누가 이렇게 엉터리로 그렸냐고."

아이는 그림을 펴서 바라보았다. 툭, 물방울이 거기로 떨어졌다. 마치 눈물처럼 보였다. 그는 종이를 다시 두 번 접었다. 나는 고개를 흔들어 정신을 차리려고 애쓰며 구겨진 수건으로 젖은 바닥을 마저 닦았다. 얼굴에 수심이 가득해 보여 내 마음을 불안하게 했다. 하지만 기다려야 했다. 말을 할 때까지.

창문이 바람에 덜컹거렸다. 우리는 거실 벽에 기대어 앉았다. 덜컹거리는 횟수와 강도가 점점 커져갔다. 문득 그것이 길게 늘어났고 뱀이 고개를 세우듯 아이의 얼굴로 향했다. 둘은 서로 바라보았다. 아이는 천천히 고개를 끄덕였다. 대화는 마음속에서 하는 것으로 보였다. 그것은 푸른색, 붉은색으로 두어 번 변하더니 처음의 형태로 되돌아갔다. 알 수는 없지만 지쳐 있다는 것만은 분명해 보였다. 아이는 여전히 말이 없었고 나는 거듭 기다렸다.

그러다 또 잠깐 잠이 들었나보다. 눈을 뜨니 아이가 물잔을 들고 있었다.

"뭐니?"

"아저씨가 물을 달라고 했어."

"내가?"

"응."

"고마워."

나는 물을 받아 마시고 나서 손가락으로 관자놀이를 두어 번 눌렀다.

"내가 얼마나 잤을까?"

"저게 한 바퀴 돌았어."

아이는 벽시계의 분침을 가리켰다.

"미안하구나. 네가 돌아왔는데도 잠이나 자다니."

"괜찮아."

"너는 오지 않고 딸도 가버리고 해서 또 술을 마셨지 뭐니. 마음이 쓸쓸해서…… 근데 어디를 다녀왔는지 말해주면 좋겠어. 궁금해하는 것은 이야기해주는 게 좋다는 것을 너도 알잖아."

아이는 약간 다른 대답을 해왔다.

"지구인들이 가장 싫어하는 게 뭔지 알았어."

"뭔데?"

"같은 지구인이야."

"무슨 소리야?"

그 맑은 눈빛에서 화가 났다고 말해야 할 정도로 슬픈 기운이 배어나왔다.

"어린애가 결국 죽었어."

"어떤 어린애가?"

"내 품에서 죽었어."

아이는 고개를 들어 나를 바라보았다. 누가 죽었다는 말일까.

"그 짓은 끝났다고 했잖아."

"무슨 짓?"

"전쟁 말이야. 생 아저씨를 죽게 했던."

그렇다면 그런 곳에 다녀왔다는 뜻일까.

"하지만 전쟁은 끝난 게 아니었어. 맞지?"

대답은 쉽지 않았다.

"그렇지 않으면 왜 그렇게 죽이겠어, 아무것도 모르는 어린아이를."

"……"

"저번에 다이아몬드 이야기 한 적 있잖아. 물과 공기는 꼭 필요한데 값이 너무나 싸다고."

"그래, 기억나."

"지구인이 같은 지구인을 소중하게 생각하지 않는 이유가 그거 같아."

"……"

"지구에 사람이 너무 많은 게 싫어서 죽이는 걸 거야. 그게 아니면 어떻게 설명이 돼?"

"……"

"그런데 아저씨는 딸이 아이를 낳는 게 좋아?"

나는 거듭 대답할 말이 없었다. 다음은 아이가 이야기해준 내용이다.

죽은 물고기를 바라보고 있을 때 갑자기 목덜미에 느낌이 전달되었다. 저멀리 사막에서 조각 하나가 '그것'을 부르고 있다고 했다. 예전에 지구에 두고 간 조각 같은데 무슨 이유인지는 모르지만 다른 그것들은 대답이 없기 때문에 자신이 가야 한다는 것. 그렇다면 함께 가겠다고 아이는 말했다.

생 아저씨를 만났기에 영원히 아름다운 장소로 남았던 사막. 때문에 뱀에게 물려 죽을 뻔했던 기억 따위는 아무래도 좋으니, 꼭 다시 가보고 싶었던 곳. 지구의 기준으로는 너무 많은 시간이 지나버렸다지만 어쩌면 흔적이라도 조금 볼 수 있지 않을까 싶어서, 최소한 그 사막을 다시 보기라도 하고 싶어서. 그것이 뜻을 받아들여주었고, 아이는 잠에 빠져 있는 나에게 말을 하고서 사막으로 출발했던 것이다.

그것과 함께 바닷가 길 끝으로 가서 날아올랐다. 여러 개의 섬을 지나고 불 밝힌 거대한 도시와 높은 산맥, 넓은 고원과 연못,

또다른 바다를 지났다. 그렇게 한참을 가다보니 사막이 나타났다. 부드럽게 솟구치고 휘어지며 내려앉은 언덕에서는 모래와 약간의 풀이 비늘처럼 바람에 쓸리고 있었다.

'날 내려줘.'

그것은 아이를 언덕에 내려주고 홀로 날아갔다. 그는 모래를 밟고, 손으로 만졌다. 오래전 생 아저씨를 만난 곳이 맞는지는 알 수 없었지만("네가 생 아저씨를 만난 곳은 사하라사막이야." 나도 모르게 끼어들었는데 곧바로 후회했고 계속하라고 말했다).

사막을 다시 보는 것은 좋았다. 그때 그곳이 아니어도 상관없었다. 어차피 같은 지구의 사막이니까. 해가 서서히 저물기 시작했다. 생 아저씨를 추억하자 그가 죽어버렸다는 사실이 떠올랐다. 예전에 같이 앉아 노을을 바라보며 오래 이야기를 나눈 사람이 죽었다는 것은 참 슬픈 일이었다. 더군다나 생 아저씨가 자신을 그토록 그리워했다니. 너무 늦게 온 것 같아 미안했고 자신을 기다린 사람이 있었다는 게 가슴을 아프게 했다. 손가락으로 모래밭에 생 아저씨 얼굴을 그려보는데 눈물이 흘러내렸다.

노을이 저물어갈 때 이동하는 사람들이 있었다. 열댓 명의 사람이 낙타를 타고서 지나간 것이다. 아이는 반가워서 달려갔다. 그들은 제자리에 섰다.

"아저씨들은 어디로 가는 중이야?"

낙타에는 모두 남자들이 타고 있었고 그들은 대답 대신 이렇게 말했다.

"이상하게 생긴 아이인데?"

"이거 낙타 맞지? 오래전에 본 적이 있어."

"……"

"지구의 시간으로는 팔십 년 전이라고 하더군."

"이 아이 무슨 소리 하고 있는 거야?"

"낙타를 타고 어디로 가는 거야? 나도 좀 태워주면 좋겠는데."

그는 몇 발자국 더 다가갔다. 사내 하나가 망토를 젖히더니 총을 꺼내 겨눴다. 그게 총이라는 것을 그땐 몰랐다(이 부분을 들을 때 나는 진땀을 흘렸다. 그러나 아이는 무심하게 말을 이어갔다).

"거기 서 있어."

그리고 사내가 옆 사람에게 말했다.

"혹시 스파이 아닌가 몰라."

"어린데?"

"어린애가 이런 곳에 혼자 있는 것부터가 이상하잖아."

"맞아, 어디 매복하고 있는지도 모르잖아."

그들은 부산스럽게 움직이며 좌우를 살폈다. 쌍안경을 꺼낸 사람들도 있었다.

"한참 전부터 여긴 나 혼자뿐이야."

아이는 오해받고 싶지 않아서 그렇게 말했지만 그들은 다른 사람이 없다는 것을 끝까지 확인했다.

"다가오지 마."

"아저씨들하고 이야기를 하고 싶어."

"쏜다."

그 사내가 총을 다시 겨눴다.

"쏜다는 게 뭐야?"

타앙, 커다란 총소리가 사막에 울려퍼졌다. 아이는 깜짝 놀라 제자리에 섰고 총알은 발 앞에 박히며 모래를 튕겨올렸다. 그렇게 큰 소리는 우주에서도 들어보지 못했다.

"너를 죽일 수도 있지만, 우리는 아이를 죽이지는 않는다는 것을 보여주기 위해 참겠다."

"그것으로 사람을 죽이는 거야?"

아이가 물었다.

"그 자리 그대로 있어. 따라오면 정말로 쏴버릴 테니까."

그들은 멀어졌다. 모래밭에 발자국만 어지럽게 남았다. 아이는 한동안 멍한 상태로 서 있을 수밖에 없었다. 그들의 모습이 사라진 뒤 총알이 박힌 모래를 만지며 생각했다. 생 아저씨를 죽인 총이 저런 거구나.

"세상에 그런 일이 있었단 말이야?"

"응."

"진짜 괜찮은 거야?"

"내가 중요한 게 아니야."

아이가 말을 잘랐다. 너무 겁이 없어 보여 나는 처음으로 그가 무서워졌다.

그는 밤이 깊어질 때까지 모래밭에 누워 있었다. 예전과는 너무 다른 느낌이었다. 별이 떴지만 아름다워 보이지도 않았고 볼 기분도 아니었다. 총을 쏘았던 사내만 자꾸 떠올랐다. 마음이 불안하기만 했다.

그때 그것이 왔다. 조각을 찾다가 걱정이 되어서 돌아왔다고 전해왔다. 불안한 마음이 전달되었을 거라고 그는 생각했다. 변덕이 심하긴 하지만 느낌을 잘 알아차리니까. 그래서 그럴 테지만 그것도 불안해하고 있었다.

'나를 띄워줘.'

아이와 그것은 떠올라서 사내들이 향한 곳으로 따라갔다. 한동안 가다보니 저멀리 작은 불꽃이 보였다. 불꽃 때문에 그곳이 마을이라는 것도 알 수 있었는데, 그러나 누구를 기념하는 날이거나 기쁜 일이 생긴 것처럼은 보이지 않았다. 무언가가 그곳을 향해 예리하게 날아갔고 정신없이 쏴대는 총소리도 들렸기 때문이다. 곧바로 폭발이 일어났다. 유리창이 박살나고 벽이 부서지면서 테이블과 책장과 화덕이 하늘로 솟구쳤다. 집에서 튀어나온 것들이 옆에 서 있던 자동차를 덮쳐 바퀴만 남은 채 모두 찌그러졌다.

아이는 땅으로 내려섰다. 순간 또 한번의 폭발이 일어났고(나는 두 손을 꾹 쥔 상태였는데 호흡이 가빠오는 것을 스스로 느끼지 못하고 있었다), 이런저런 것이 깨지는 소리와 건물 잔해 무너지는 소리가 마구 뒤섞였다. 거기서 발생한 엄청난 힘에 의해 아이와 그것은 몇 바퀴 구르고 나서야 간신히 멈출 수 있었다. 화약 냄새가 코를 찌르고 먼지가 사방을 뒤덮어서 분간이 어려웠다. 포탄 날아오는 소리와 사람들의 비명이 계속 터져나왔다. 난사되는 기관단총 소리도 함께.

그는 잠시 먼 곳을 바라보다가 말을 이었다.

무너진 흙벽돌 무더기 사이에 세 살 정도 된 어린애 한 명이 있었다. 살아 있었다. 살아 있었으나 머리와 팔, 배 모두 피를 흘리고 있었다. 무더기 너머로는 어른의 것으로 보이는 두 다리가 삐죽이 나와 있었는데 그중 한쪽 발에는 슬리퍼가 아슬아슬하게 매달려 있었다. 그나마 형태가 남아 있는 벽은 톱날처럼 위태로워서 금방이라도 사람들을 덮칠 것 같았다.

'빨리 우리를 감싸줘.'

그것이 두 사람을 최대한 넓게 감쌌다. 몇 차례의 폭발이 연달아 일어나서 커다란 돌덩이와 폭풍이 그들을 거듭 때렸다. 충격에 다시 굴러야 했다. 비틀거리며 간신히 일어나서 괜찮아 보이는 집으로 달려갔는데 거기도 무너지기 시작했다.

'마을을 빠져나가야 해.'

뒤엉킨 전선과 잔해 무더기를 파헤치며 간신히 마을을 빠져나갔다. 그것은 두 사람의 몸을 동시에 감싸기에는 부족했고 날지도 못했다. 충격 때문에 훼손당한 거였다. 그래도 마지막 힘을 짜내 길을 가로막고 있는 철근 무더기는 뛰어넘을 수 있었다(나는 구석에 펴져 있는 그것을 한번 바라보았다).

간신히 마을을 벗어나 사막을 달린 다음 자그마한 언덕에 도착할 수 있었다. 애가 눈을 파르르 떨었다. 피가 흘러나오는 곳이 열 군데가 넘었다. 뒷목에 박혀 있는 파편을 뺐는데 피가 콸콸 솟구쳐서 다시 집어넣을 수밖에 없었다.

"제발 죽지 마. 정신을 차려."

그러는 동안에도 저쪽에서는 계속 폭발이 일어났다. 그것이 목덜미 뒤로 스며들었다. 서늘한 기운으로 보아 상태가 좋지 않다는 것을 알 수 있었다. 아무런 생각도 나지 않았다. 그저 애를 끌어안고 모래구덩이에 몸을 처박고만 있었다(내 입에서 신음소리가 저절로 나왔다).

새벽이 왔다. 폭격은 끝나 있었다. 아이는 반대쪽으로 뻗어 있는 길을 바라보다가 그것에게 물었다.

'날 수 있어?'

어렵다는 답이 돌아왔다. 그래서 애를 안은 채 언덕을 내려온 다음 마을로 되돌아갔다.

밤이 지나가면 해가 나온다. 그러면 살아 있는 것들은 잠에서 깨어나 기지개를 켠다. 오므라들었던 꽃잎이 벌어지고 나비가 날고 새가 지저귄다. 하지만 마을은 그러지 못했다. 꽃과 나비와 새 대신 부서진 집, 조각난 벽돌들로 채워진 마당과 길, 참혹하게 찢긴 채 드러누워 있는 대추야자나무, 검은 연기가 오르는 자동차들이 어둠을 벗어나 드러나고 있을 뿐이었다. 연기 외에 움직이는 것은 아무것도 없었다.

무너진 벽돌과 뒤엉킨 철근이 많아서 어떤 길도 걷기가 쉽지 않았다. 그나마 형태가 온전한 건물도 대부분 외벽이 깨져서 네모난 방이 훤히 들여다보였는데 마치 껍질과 살을 도려내놓은 커다란 짐승의 몸 같았다. 그 사이마다 사람들이 쓰러져 있었다. 남자도 있고 여자도 있었다. 허리가 움푹 패어 있거나 머리가 심하게 깨져 있거나 다리가 부러진 채 상체 쪽으로 꺾여올라온 이들이었다.

네 명의 남자들이 커다란 천으로 시신을 옮기고 있어서 아이는 그쪽으로 다가갔다.

"병원이 어디죠?"

한 남자가 돌아보았다.

"이곳에 있는 유일한 병원도 폭격에 당했다. 의사마저 죽어버렸거든."

"이애가 많이 아파요."

"어디 보자."

남자는 다가와 애를 살펴보더니 말했다.

"이미 죽었다."

가슴에 귀를 가져다 대보았다. 작은 눈은 감겨 있고 입에서도 호흡이 없었다. 그사이 죽었던 것이다. 아이가 물었다.

"그 사람들은 어디로 가는 거죠?"

"어디로 가는 것이 아니고, 한꺼번에 묻을 거란다. 금방 상하니까."

"……"

"애를 이리 다오, 우리가 옮겨주마. 너는 얼른 집으로 가라."

"싫어요."

아이는 몸을 돌렸다. 남자가 계속 불렀으나 돌아보지 않았다. 대신 죽은 어린애의 집을 찾았다. 모든 게 엉망인데다가 생김새가 비슷비슷해서 되찾아가기가 쉽지 않았지만 눈을 감고 움직였던 과정을 되짚어가자 찾을 수 있었다(아이의 영민함이 확인되는 순간이었다).

그곳에 슬리퍼가 달린 발이 그대로 있었다. 벽돌 무더기를 들어내자 가슴에 커다란 핏덩이가 굳어 있는 여자가 나왔다. 엄마로 보였다. 애를 그녀 왼쪽 품에 안겨주었다. 두 사람 모두 아이가 하는 대로 순순히 움직였다.

"그렇게 죽고 말았어."

나는 할말이 없었다. 이야기는 이어졌다.

아이는 조금 걸어가서 한 움큼의 모래를 떠온 다음 어린애의 가슴에 올려주었다. 그냥 그렇게라도 해주고 싶은 생각이 든 것이다. 작은 가슴 위에 아주 작은 사막이 하나 생겨났다. 충격에서 완전히 회복하지 못한 그것은 아직도 허공에 뜰 수 없었다.

한참 걸어가자 커다란 마을이 나왔다. 크고 작은 건물이 연달아 늘어서 있었고 풀과 나무가 한데 모여 있는 반대편 언덕에는 높은 철탑도 보였다. 조금 더 가자 총탄과 포탄 자국이 있는 건물들 사이에 커다란 기계 같은 게 있었다. 커다란 총이 달린 쇳덩어리였다(그게 장갑차이며 커다란 총은 포탄을 쏘는 포신이라고 나는 말했다).

근처에는 군인들뿐이었다. 한 병사가 오라고 신호를 했다. 아이가 다가가자 그들은 몸을 뒤졌다. 그러는 동안 장갑차라는 것을 살펴보았고 생김새가 아주 특이하고 튼튼하다고 생각했다.

"이것으로 뭘 하는 거야?"

아이가 물었다. 병사는 이렇게 대답했다.

"그런 것 궁금해하지 말고 얼른 집으로 가라."

"내 집은 아주 멀어."

"아무튼 얼른 가라니까."

"아저씨들은 전쟁을 하려는 거지?"

"얘, 왜 이러지?"

병사가 손가락으로 머리 위에 동그라미를 그렸다(그러면서 아이는 내 눈을 바라보았다. 그 병사의 손동작에 대해 설명해달라는 뜻이었다. 나는 머뭇거리다가 잘 모르겠다고 대답하고는 계속하라고 했다. 아이는 말을 이었다).

"포탄이 날아와서 어린아이들이 죽었어."

"우리가 원한 게 아니다. 우리는 이 도시를 지키려는 거야."

"그럼 포탄이 날아온 곳을 가르쳐줘."

병사가 웃었다.

"찾아가서 뭐하게?"

"쏘지 말라고 말할 거야."

이번에는 근처에 서 있던 병사들이 손가락으로 동그라미를 그렸다.

"네가 그러면 말을 들을 것 같니?"

"아저씨들은 그런 부탁 해봤어?"

"우리가 왜 그런 부탁을 해."

"안 했구나?"

"그런 말을 들을 리가 있겠니?"

"그러니까 내가 가서 진심으로 부탁해볼 거야."

"아무래도 충격에 완전히 맛이 간 모양인데?"

"그냥 보내. 이런 애들 요즘 많아."

그때 포탄 날아오는 소리가 들렸고 병사들은 급히 몸을 숙였다.

"얼른 가. 우린 너를 지켜줄 수 없어."

폭발이 일어나 장갑차 옆의 건물이 무너졌다. 장갑차는 듣기에 거북한 소리를 내며 움직이더니 날아오는 쪽을 향해 포탄을 쏘기 시작했다. 아이는 반쯤 무너진 집 안으로 피했는데 뜻밖에도 그곳에서 그것들의 부분을 만났다(그는 거실 한쪽의 그것을 가리켰다). 죽은 애와 비슷한 또래의 애가 돌무더기 아래 있었고 그것이 감싸주고 있었던 것이다. 그 둘은 반가워하며 서로 뒤섞였다(나는 아, 감탄사를 내뱉었다).

아이는 애를 안고 뛰어갔다. 워낙 넓은 도시여서 아직 무너지지 않은 병원을 찾을 수 있었다. 그곳에도 다친 사람들이 넘쳐났지만 착해 보이는 간호사들이 애를 받아 안고 병원 안으로 들어갔다. 아이와 그것도 병원 지하실에 들어가 시간을 보냈고 그 덕에 조금 회복할 수 있었다. 속도가 느려 돌아오는 시간은 이틀이나 걸렸다.

"그러니까 저중 일부가 팔십 년 전에 남았던 거야?"

"응."

"놀라워라. 그것이 쓰러진 아이를 보호하고 있었다는 거고?"

"그렇지."

"우연히 그런 거야, 아니면……"

"자세히는 모르지만 그런 일을 해왔던 것 같아. 최근에는 계속 그 근처에 있었던 것 같고. 신호가 온 곳이 그 사막 쪽이었으니까. 그런데 우리가 만났을 때는 부상당한 병사처럼 아주 지쳐 있었지."

팔십 년 전에 남은 작은 조각이 전쟁터의 아이들을 보살펴왔다는 소리였다. 우리는 간혹 그런 소식을 듣는다. 죽음 직전에 극적으로 구조되는 아이들 말이다. 그 작은 기적들은 그것의 역할이었다는 것인가? 어쩌면 여섯 살 때 나를 구해준 것도 십삼 세 소년이 아니라 그것 아니었을까? 그런 생각에 빠져 있을 때 아이가 물어왔다.

"아저씨는 왜 가만히 있어?"

"……"

"같은 별에서 사는 사람들이 다른 사람들을 죽이는데 왜 아저씨는 그냥 있어?"

"너는 정말로 괜찮은 거야?"

"지금 무슨 말을 하는 거야. 나는 죽은 애들을 이야기하고 있어."

"그건 나도 알고 있어. 뉴스에 자주 나오니까."

사실이다. 집에서 밥을 먹다가, 잠을 자다가, 길을 걷다가, 그리고 병원에서 치료를 받다가도 무참히 희생됐다는 뉴스가 하루가 멀다 하고 나왔으니까. 아프리카에서, 유럽에서, 아시아에서 많은 사람들이 죽었다는 뉴스는 아침에 눈뜨면 매일 만나는 것들이다. 학생이 총질을 해대서 몇 명이 죽었는지도. 어디에서 더 많이 죽었나 시합하는 것 같기도 하고 사망자 더하기 퀴즈 같기도 하다. 우리는 무심하게 그런 뉴스들을 본다. 하루에 수십 명씩 자동차 사고로 죽는데 거리낌없이 차를 타거나 운전을 하듯이 말이다.

하지만 가족 한 명이 자동차 사고로 죽으면 그것은 엄청나게 큰 일이다. 그가 태어났을 때의 모습, 돌잡이할 때 무엇을 쥐었는지, 언제 곱셈을 깨쳤는지, 어떤 노래를 잘 불렀는지 따위를 떠올리며 커튼 자락을 움켜쥐고 오열한다.

"왜 말하지 않았어?"

"……"

"생 아저씨가 죽은 것은 슬프지만 전쟁이 끝나서 다행이라고 생각했었어, 나는."

급기야 아이는 울먹이기 시작했다.

"그런데 그 전쟁을 지금도 하고 있잖아."

"솔직히 말하면 그동안 계속 전쟁이 있었어."

"계속 하고 있었다고?"

"응. 생 아저씨를 죽게 한 전쟁은 끝났지만 그뒤로도 계속 생겨났지 뭐야."

"믿어지지가 않아."

"사실이야."

"바보들 아니야?"

아이의 목청이 높아졌다.

"어떻게 그럴 수가 있지? 반성을 많이 했다는 게 거짓말이었어?"

"거짓말은 아니야. 그때의 전쟁에 대해서는 지금도 계속 나빴다고, 잘못되었다고 이야기들 하니까."

"근데, 왜 계속 해?"

나는 인류 대표도 아니고 전쟁을 일으킨 사람은 따로 있었기에 억울한 마음이 들기는 했다. 그렇다면 미국이나 러시아 또는 지금 전쟁을 벌이고 있는 국가나 단체의 대표에게 가서 따져보는 게 어떻겠냐고 말할 뻔했으나 잘 참아냈다. 그들이 누구의 말을 듣는 자들이었다면 전쟁 따윈 일어나지 않았을 테니까.

아이는 입을 다물어버렸다. 나도 전쟁은 싫었다. 사람이 사람을 죽이는 게 좋을 리가 있겠는가. 전쟁을 일으키는 이가 눈앞에 있다면 수단과 방법을 안 가리고 막을 생각이다. 하지만 나의 무능력은 그들을 설득해내지 못한다는 게 아니라 만날 수조차 없다는 데에 있다.

정말 많은 전쟁이 있었다. 그동안의 항해만 떠올려보아도 바로 알 수 있었다. 우리가 얼마나 전쟁을 좋아하는지를, 내가 당하지만 않으면 재밋거리로 여기기까지 한다는 것을.

이제는 내가 일러바칠 차례였다.

1차 걸프전 때 나는 사우디아라비아 라스아트탄누라로 가는 탱크선 이등항해사였다. 선원들이 겁을 먹고 가려고 하지 않아서 급료가 많이 올랐다는 소문이 일었고 실제로도 그랬다. 나는 막 결혼한 아내에게 숨기고 자원을 했다. 출발은 충남 대산항이었다.

탱크선은 항해 속력이 느리다. 도착할 때까지 들르는 항구도 없다. 그저 열심히 가고, 가고 간 다음 더 가면 된다. 그런 항해는 일정이 나른해서 선원들 일과도 그러했다. 매번 항로를 체크하고 밥 먹고 이런저런 단순한 확인만 되풀이하면 된다. 컨테이너선이나 벌크선보다도 더 지루한 게 탱크선이다.

가까이 갈 때까지는 별다른 일이 없었다. 권태에 시달렸다는 소리다. 한 달 가까이 항구를 하나도 보지 못했으니까. 그러나 아라비아만이 가까워지자 분위기가 완전히 달라졌다.

먼저 발견한 것은 미 항공모함이었다. 수많은 전투기, 폭격기를 실은 위풍당당한 전쟁용 선박. 드디어 전쟁 지역으로 들어선 것이다. 선장은 항모와 교신하며 보다시피 우리는 원유를 실으러 가는 배라고 말했다. 그쪽에서는 우리의 안전을 책임지지 못한다고 대꾸했다. 그럴 거라는 것은 누구나 알고 있었다. 안전을 생각했다면 아예 전쟁을 일으키지도 않았을 테니까.

긴장은 매시간 높아졌다. 본사에서 날아온 팩스에는 이라크 전투기가 화물선에 미사일을 쐈다는 뉴스가 고스란히 박혀 있었다. 그 배는 그 자리에서 침몰했다.

다음날은 육지 쪽으로 날아가는 미사일이 보였다. 순양함에서 쏜 토마호크였다. 근사한 뒷날개가 달려 있는 원통형 미사일. 인디언들이 사용했다는 도끼의 이름. 쏜살같이 날아가는 탓에 마치 전방에 급한 볼일이 있는 것처럼 보였는데 세찬 바람이나 높은 파도, 강렬한 햇살과는 전혀 다른 성질의 물건이었다. 빠른 속도로 날아간 그것은 조금 있다가 바그다드에 떨어졌다. 전쟁은 한마디로 위험한 물건을 상대방에게 보내는 짓이었다.

계류시설에 배를 대고 원유를 공급받는 동안에도 수시로 발진하고 복귀하는 전투기들이 등장했다. 열다섯 대까지 세보다가 그만두었다. 그리고 밤마다 그것과 관련한 소식이 여지없이 팩스로 전달되었다. 전투기나 미사일이 날아가면 최소한 몇백 명씩 죽는 식이었다. 하룻밤 사이에 수백 수천의 아버지나 어머니, 아이들 목숨이 사라졌다는, 살아 있던 몸이 시체로 변했다는 소리였다.

이라크 쪽에서도 스커드 미사일이 날아온 적이 있었다. 우리 배에 떨어지면 끝이었지만 다행히 멀리 날아갔다. 항공모함이나 다른 배가 피습됐다는 뉴스는 나오지 않았다. 그렇다면 바다에 떨어졌을 것이다. 바다가 미사일에 맞아 죽는다는 느낌이 들었다. 바다가 죽으면 우리 같은 선원들은 먹고살 방법이 없다는 생각도 들었다.

나보다 네 살 어렸던 삼등항해사는 살아서 돌아갈 수만 있다면 회사를 그만두겠다고, 얼굴 볼 때마다 말했다. 그뿐만이 아니었다. 무슨 소리만 나면 모든 선원들이 하늘을 바라보았다. 갑판원의 망치질 소리에도 깜짝 놀라 주변을 살폈다. 우리는 이틀이 채 안 되는 기간에 원유를 싣고 부랴부랴 빠져나왔다. 이틀이 두 달 같았다.

그러지 못한 배도 있었다. 그때 전해들은 이야기다.

벌크선 한 척이 이라크 항구에 접안했다. 그런데 화물을 꺼내는 부두 크레인이 그만 고장나고 말았다. 하필 크레인 바스켓이 화물칸 안에 들어가 있을 때 사달이 난 것이다. 크레인은 체코 제품이었다. 주문하여 물품이 오는 기간이 한 달, 수리하는 데 한 달 걸린댔다. 이거 환장할 노릇이다. 두 달 동안 배는 꿈쩍할 수 없었다. 크레인 바스켓이 화물칸 안에 들어가 있는데 어떻게 움직인단 말인가.

평상시라면 그런가보다, 하면 된다. 항해란 어차피 지루하니까 접안 상태로 땅이라도 곁에 두고 있는 게 더 낫다. 문제는 전쟁중이라는 것. 하루도 빠짐없이 전투기가 지나가고 미사일이 날아가고 그럴 때마다 폭발음이 들리다보니 그 배 선원들은 마음의 평정을 잃어갔다.

그사이 해안에서의 전투는 끝났는데도 그랬다. 풍문으로 듣자니 몇몇 선원들은 정신착란을 일으켰다고 했다. 갑자기 큰 소리로 기도를 하기 시작하더니 수시로 개종을 하여 부처님도 찾고 북두칠성님도 찾고 돌아가신 아버지도 찾았단다. 불안 증세는 더욱 심각해져서 머리카락을 쥐어뜯었으며, 바다에 뛰어들려고도 해서 일상 업무는 꿈도 꾸지 못했다. 마침내 부산항으로 돌아오기는 했는데 착란 증세는 없어지지 않아서 하선한 뒤에도 두 명은 계속 그렇게 살아갔다고 전해졌다.

그때 내가 대처한 방법은 다시 여섯 살 때 연못에 빠진 상황으로 돌아간 것이다. 미사일에 맞으면 살아날 방법이 없다. 보통의 경우 해난 사고가 일어나면 곧바로 죽지 않는다. 화재라면 진압을 먼저 하고 강력한 풍랑을 만난다 하더라도 최대한 모선에서 버틴다. 그러다 여의치 않으면 비상정을 타고 탈출한다. 살아날 확률이 낮지는 않다.

그리고 사고 원인을 밝히는 과정을 밟는다. 보험사와 변호인 사이에 지루한 법정 다툼도 생긴다. 하지만 전쟁의 경우 미사일 한 방이면 존재도 없이 사라져버린다. 수많은 사상자는 민간인 피해로 두루뭉술하게 집계될 뿐이다. 그러니 떨지 말자, 죽는가 사는가는 제멋대로 정해질 뿐이다, 더욱이 죽는 것은 그다지 두렵지 않다, 그렇게. 그나마 거기서 제정신으로 돌아왔으니까 지금 이 이야기를 이어가고 있는 것 아닌가.

원유 실으러 중동 다녀왔다는 사실을 뒤늦게 알고 아내는 두 눈이 휘둥그레지더니 울먹였고, 내 품에서 떨었다. 나는 사망시 보험금이 두 배로 뛴다는 소리를 해서 그녀를 더 울려버렸다. 위험 지역은 절대 가지 않겠다고 아내 앞에서 다짐을 해야 했고 그것은 진심이었다. 하지만 그렇게 되지가 않았다. 휴가가 끝나고 배속된 배는 자동차 운반선이었다. 지중해에 들어선 다음 발칸반도가 있는 아드리아해 입구 그리스에 들렀는데 그 너머에서는 이제 막 유고슬라비아 내전이 시작되고 있었다. 그 전쟁은 유고 내 여러 나라가 이렇게 엉키고 저렇게 엉켜 싸우느라 기간이 길기도 해서 사년 뒤 그곳에 다시 갔을 때에도 여전히 그러고 있었다. 그사이 사망자만 몇만 명 늘어나 있을 뿐이었다.

유리창이 깨질 듯 덜컹거렸다. 일어나서 바깥을 한번 살피고 모든 창문을 걸어 잠그는 동안 아이는 침울한 상태 그대로 있었다. 나는 그의 어깨를 조심스럽게 잡아당겨 바닥에 눕혔다. 그리고 그동안의 전쟁에 관해 일러바치는 짓을 이어나갔다.

전쟁 지역에 가지 않겠다는 약속을 지켜내지 못한 것은 내 잘못이 아니었다. 오대양 육대주 어디를 가도 어디선가는 전쟁이 계속 생겨났다. 숫제 전쟁이 나를 기다리는 형국이었다.

아프리카 서해안을 타고 내려갈 때 스쳤던 라이베리아와 그 옆시에라리온은 쿠데타와 내전이 되풀이되어 시체 태우는 연기가 가실 날이 없었다(그 때문에 그런 나라가 있다는 것을 알게 됐다). 그런 식으로 과거를 떠올리면 정말이지 그랬군, 소리를 낼 수밖에 없다. 다시 지중해에 들어갔을 때 그루지야 내전은 간신히 막을 내렸다.

미국은 아프가니스탄과 수단, 이라크를 폭격했다. 그리고 2차 콩고 전쟁이 일어났다. 다음해엔 체첸 내전이 다시 시작되었다. 소련이 그러했던 것처럼 미국은 아프가니스탄을 또 침공했으며 이 년 뒤 이라크도 거듭 공격했다. 그 두 전쟁에는 영국 프랑스 스페인 이탈리아 등이 가담했었다. 리비아와 이집트는 내전에 가까울 정도로 집회가 빈번했다. 어디 그뿐인가. 캄보디아의 킬링필드, 영국과 아르헨티나의 포클랜드 전쟁, 터키와 쿠르드, 인도와 파키스탄 간의 분쟁, 다르푸르 분쟁, 차드, 소말리아, 예멘, 시리아의 내전, 이스라엘과 하마스, 말리, 이라크 반군IS의 전투같이 숱하게 되풀이되는 전쟁, 전쟁들.

우리 선원들은 지중해를 지날 때 유난히 조심한다. 난민선이 자주 다니기 때문이다. 지브롤터해협처럼 좁은 곳은 더욱 그렇다. 그들이 탄 배는 너무 작다. 그런 배는 큰 배 근처에만 와도 위험해진다. 직접 눈으로 본 것도 여러 척이다. 그 작은 배에 그렇게 많은 사람들이 목숨을 맡긴 채 바다에 떠 있는 것도 전쟁 때문이었다.

전쟁이 아닌 경우도 있었다. 2005년 초, 믈라카해협 지나 인도양에 접어들었을 때 본 장면은 지금도 잊지 못한다. 바다에 떠 있는 수천수만의 시신들. 인도네시아에 쓰나미가 덮쳤을 때 죽은 사람들이 떠내려온 것이다. 사람 수와 파도 수가 같았다. 선장으로서 내가 할 수 있는 것은 최저 속도로 천천히 시신들 사이를 지나가는 것뿐이었다. 건져올리지도 못한다. 마음이야 모두 고향으로 보내주고 싶지만 현실적으로 불가능하다. 그저 흘러가는 대로 그냥 둘 수밖에 없다. 우리는 모두 침묵했다.

이렇게 말하는 것은 간단하지만 생각해보면 내가 아직까지 살아 있다는 게 놀라울 정도였다. 그 자각이 새삼스럽고 부끄러워서 좀 멍해졌다. 마치 한 사람의 몸 어딘가를 옮겨다니며 염증이 일어나고 궤양이 자라는 것처럼 지구 어느 한쪽에서는 늘 미사일이 날아오고 포탄이 터지고 건물이 무너지는 아비규환이 일어났다는 것 아닌가. 이렇게 전쟁이 버릇처럼 굳어진 이유를 어떻게 설명할 수 있을까.

이상 보고를 마칩니다, 하는 심정으로 나는 말을 이었다.

"미안하다. 전쟁을 많이 해서."

사과는 진심이었다. 하지만 아이는 아이대로 멍한 표정이었다. 나는 관심을 조금 다른 곳으로 옮겨보고 싶었다.

"저기, 별나라 세계에서도 전쟁을 하지 않니? 그러니까 은하 연대나 뭐 그런 별 집단들끼리 편을 묶어 상대편 함대를 공격하고 말이야."

"그런 짓을 왜 해."

"살다보면 그럴 수 있으니까 말이야."

"이 별 사람들이 서로 싸우니까 우주도 그럴 거라고 생각하는 거야?"

나는 움찔했다.

"전쟁까지는 아니라도 낯선 별 사람들이 오면 의심이 들어서 잡아 가두거나……"

"생 아저씨도, 아저씨도 나를 가두지 않았잖아."

"글쎄 말이다. 암튼 내가 잘못했다. 미안하다."

아이는 골이 난 표정으로 입을 다물어버렸다. 어떤 생각을 하는지는 짐작할 수 있었지만 나는 나대로 생각에 빠졌다. 말을 더 안 해서 그렇지 아이를 화나게 할 건수는 아주 많았다. 이럴 때 우리 어른들은 이렇게 말할 것이다.

'네가 세상 물정을 몰라서 그래.'

지구에 사는 모든 아이들, 특히 엄마나 아빠, 삼촌이나 고모에게 세상의 부조리를 따지던 아이는 이따위 말을 들으면서 큰다. '네가 크면 알아' 소리도 함께. 그 말대로 하자면 세상 물정을 알아간다는 것은 잘못된 것을 받아들이고 그런 일들에 익숙해져간다는 소리가 된다. 그리고 나중에는 스스로 되풀이하는 것. 그게 어른이 된다는 소리였다.

바람소리는 그사이 더 거세져 있었다. 풍랑이 불면 이쪽 섬과 저쪽 섬을 연결하는 다리에서는 우는 소리가 났다. 나 어렸을 때는 없던 다리였다. 이곳 주민들은 다리가 우는 소리를 듣고 바람의 강도를 짐작했다. 날이 조금 밝아왔다. 아이가 몸을 일으켰다.

"왜?"

"바다에 가보려고."

"저기, 그건 좀 위험한……"

제재는 이어지지 못했다. 이미 문을 열고 바깥으로 나갔기 때문이었다. 나는 아이들이 고집을 피우면 참 피곤한 일이란 생각이 들었으나 어쩌면 기분이 바뀔 수도 있겠다는 계산으로 우의를 챙겨 뒤따라갔다.

역시 짐작대로였다. 해수욕장에서는 치솟아오른 거대한 파도가 넓게 퍼지며 모래톱을 뒤덮고 있었다. 하얗게 뒤집어지는 그곳은 육지도 바다도 아닌 중간의 그 무엇이었는데 이런저런 어구와 스티로폼 박스가 부서진 채 덩달아 휩쓸리고 있었다. 강력한 남동풍은 이렇게 바다의 모든 것을 육지로 밀어붙인다. 마음에 안 드는 것들을 뱉어내는 행위 같았다. 거의 태풍 수준인걸, 이 정도 바람이면 초속 이십오 미터 정도는 될 것 같고 그렇다면 수평선 쪽에는 최소한 육 미터짜리 파도가 치겠어, 직업병을 버리지 못하고 나는 중얼거렸다.

바람이 아이의 머리카락을 길게 잡아끌었다. 해안을 따라 늘어선 유도화와 소나무도 머리카락처럼 한쪽으로 휩쓸려 숫제 드러누울 듯했고 전봇대마다 비명소리가 났다. 해수욕장 옆 방파제에서는 파도가 제멋대로 넘어오고 있었다. 솟구친 물 알갱이들을 바람이 휩쓸어서 허공마다 비백飛白이 그어졌다.

우의는 망해가는 나라의 국기처럼 거칠게 펄럭거려서 금방이라도 찢어질 듯했다. 나는 제대로 걸을 수도, 눈을 뜰 수도 없었다. 중학교 일학년 때 거대한 태풍이 온 적이 있었다. 다섯 척의 배가 뒤집어졌고 사람 세 명이 죽었다. 그게 지나간 다음 뒷산의 나무들이 색깔을 잃고 시름시름 앓았다. 전염병이라도 걸린 것처럼 푸르던 잎이 회색으로 변한 것이다.

마을 사람들은 치솟아올라온 바닷물의 소금기 때문에 그럴 거라고 생각했다. 그게 아니라는 것은 나중에 알게 됐다. 바람 때문이었다. 초속 오십 미터의 강풍이 하루종일 나무를 때리면 수분이 모두 날아가버리기 때문이었다. 염분에 절여진 것이 아니라 탈수되어버린 것. 바람이란 그런 것이다.

언덕의 나무들도 몸을 휘며 아우성을 질러대고 있었다. 바람에 휘청이는 아이의 얼굴은 나무처럼 창백했다. 나는 그의 손을 잡고 오르막을 올랐다.

"아주 사납군. 이 정도면 바오밥도 뽑아낼 수 있겠어."

아이가 말을 하는 게 나는 반가웠다.

"왜 이렇게 바람이 불어?"

"저쪽의 공기 압력이 높고,"

나는 손가락으로 바람이 불어오는 쪽을 가리킨 다음 불어가는 곳으로 옮겼다.

"저쪽이 낮기 때문이야."

아이는 들었다.

"높은 곳에서 낮은 곳으로 공기가 흘러가는 거지. 균형을 잡기 위해서."

"그럼 균형이 잡히면 조용해지겠네?"

"잠시 동안은 그렇지. 하지만 너무 많이 불어갔다는 것마냥 허겁지겁 반대쪽에서 불어오기도 해."

"왜 그렇게 정신이 없지?"

"세상도 그게 어려운 모양이야. 하지만 계절풍은 어느 정도 일정하게 불어. 여름에는 바다에서, 겨울에는 육지에서 불어오지."

"그것은 또 왜?"

"육지는 잘 데워지거나 식는데 바다는 그렇지 않거든."

"그러니까 이게 다 바다 때문이군."

아이의 관심이 전쟁에서 바다로 옮아간 게 다행이어서 내 말은 다시 길어졌다.

"맞아. 바다 때문에 생긴 운명이야. 그리고 저 파도와 바람은 선원이나 섬사람들의 운명이기도 하지. 이것 때문에 곤란을 겪고 다치고 심지어 죽기도 하는데 계속 만나야 하니까. 우리 선원들 세계엔 이런 노래가 있어. '파도 고랑마다 선원들 무덤이 있네.' 그런데도 우리는 배를 타고 나가. 하지만 파도와 바람이 없다면 그게 어디 바다겠어?"

"그것은 우주도 마찬가지야. 움직이지 않으면 아무것도 아니야."

나는 여섯 살 때 봤던 가짜 동물원을 잠시 떠올렸다.

"이렇게 파도가 치면 물고기들은 잘 있을까?"

"잘 있을 거야. 수면만 이렇지 저 속에는 별로 움직임이 없으니까. 그리고 알아서 피할 테니까."

"그것은 다행이군. 아이들도 물고기들처럼 알아서 포탄과 총알을 피할 수 있다면 좋을 텐데."

"……"

"정말 좋을 텐데."

"그러게 말이다."

"하지만 도저히 피할 수 없게 만들었겠지, 그런 무기들은?"

"맞아. 아주 빠르니까."

집으로 되돌아갈 마음이 없어져버려서 우리는 계속 걸어갔다. 파도 부서지는 갯바위를 지나고 동백나무 숲도 지나 등대에 도착했다. 등대원이 쫓아나와 이런 날씨에 왜 왔냐고 타박을 했다. 안면이 있는 이여서 사무실로 따라갔다가 되레 커피 두 잔을 얻어가지고 종종걸음으로 돌아왔다. 창문 너머로 우리를 바라보던 등대

원은 자신의 자리로 돌아갔다.

거기서는 장어 낚시 하던 곳이 잘 보였다. 그리고 아이가 도착한 곳이기도 했다. 나는 그를 데리고 등대 기둥과 암벽 사이 움푹한 곳으로 들어갔다. 바람소리가 조금 잦아들었다. 커피는 따뜻하고 달았다.

날은 완전히 밝았으나 날씨가 그러해서 지나가는 배 한 척 없었다. 우리는 커피를 마시며 바람을 뚫어보려고 애를 쓰다가 길게 선회하며 뒤쪽으로 밀려나는 갈매기를 바라보았다. 그리고 왼팔로 아이를 끌어안으며 내가 물었다.

"팔십 년 전에 말이야."

"응."

"왜 사막엘 간 거니?"

"아름다웠고 밤이 되면 별이 아주 잘 보였으니까."

"그 사막으로 간 사람이 있었어."

나는 이등항해사 때 만났던 밀항자 이야기를 했다.

"그 사람은 마을 대신 사막을 선택했고 그곳으로 걸어들어갔어."

"왜?"

"내가 묻고 싶은 거야."

"……"

"그날 밤 내내, 그 이후로도 종종 그 사람을 생각했어. 당장 잡히지 않기 위해서였겠지만 일부러 그곳을 찾아간 것 같은 기분이 자꾸 들었으니까. 왜 갔을까. 너처럼 그곳의 아름다운 풍경을 보려고 갔을까?"

"그럴지도 모르지. 지구인들은 사막에 관해 잘 알고 있을 테니까."

"꼭 그렇지는 않아. 이 바다를 한 번도 못 보고 죽는 사람도 있어. 사막도 마찬가지야."

"별이 커서 그런가?"

"그럴 테지. 아무튼 그 사람은 갈증과 굶주림에 시달리다가 죽었을 거야. 지구에서는 아름다운 곳조차도 늘 위험이 도사리고 있으니까."

"생 아저씨도 비행기를 고치지 못하면 큰일날 것처럼 말했어."

"음."

"누구나 한 번쯤은 어쩔 수 없이 어딘가에 가게 돼."

아이는 의외로 쉽게 말했다. 맞는 말이다. 지구로 온 아이, 사막으로 간 생텍스와 밀항자, 뛰쳐나가버린 아버지, 항구의 노동 속으로 자신을 밀어붙인 어머니, 바다를 선택한 나. 그런 나를 남편으로 선택한 아내. 이 모두의 공통분모는 하나다. 낯선 곳으로의 불안한 이동.

"운명처럼 누군가를 만날 수밖에 없는 것처럼."

"……"

"나에게는 지구가 그럴 거야."

"이유는 알 수 없겠지?"

"맞아, 알 수 없어."

"이제 너와 나는 공통점이 하나 생겼어. 이해하지 못하는 것을 숙명처럼 안고 살아가야 한다는 것 말이야."

나는 빈 종이컵을 받아 포갰다. 그가 말했다.

"난 이제 지구의 아름다움에 대해서는 생각 안 하기로 했어."

"……"

"사막의 노을, 생 아저씨의 친절, 바닷속 풍경 같은 것들 말이야."

"그래."

"그래도 이것은 궁금해. 왜 같은 별 안에 사막이 있고 또 바다가 있을까."

"파도치는 바다와 빗물이 눈물이라면 사막은 너무 오래 울어서 말라버린 가슴 같은 거겠지."

지리나 기후 쪽으로 가기 싫었던 나는 감상적으로 대답했다. 더 이상 대꾸는 없었다. 바람은 계속 불었고 파도도 그랬다. 아이는 그것을 바라보았고 나는 종이컵을 만지작거렸다. 한참 뒤 우리는 천천히 걸어서 내려왔다.

12

비는 계속 내렸다. 우리는 거실에 누워 있었다. 아무것도 하지 않았다 해도 맞고 비와 바람 소리를 듣고 있다고 해도 말이 됐다. 아이가 말했다.

"돌봐주지 않으면 꽃이 더 잘 자랄 거라고 저번에 말했잖아?"

"그랬지."

"근데 바오밥도 같이 잘 자라나버릴 수 있잖아. 그래서 내 별은 완전히 망가졌을 거라는 생각이 들어."

나는 조금 망설이다가 대답했다.

"예전에 생 아저씨도 그런 그림을 그렸어. 걱정되는구나?"

"응. 화산 구멍도 막혔을 것 같고."

"너무 걱정하지 마. 잘 있을 거니까."

"정말로 그렇게 생각해?"

"근거는 없어. 그래도 희망을 가지고 있어야 하잖아."

"희망하면 그대로 되는 거야?"

"우리 별에는, 간절히 원하면 이루어진다는 말이 있거든."

"나도 간절히 원하는 게 있어."

"뭔데?"

"이 별을 떠나고 싶어."

"……"

"돌아갈 수 있도록 도와줘."

"어떻게?"

"잘 몰라. 그러니 내가 몰랐던 방법으로 도와주면 좋겠어."

계속 비가 오고 바람이 불었다.

12시 30분. 내가 입을 열었다.

"솔직하게 말하면 희망대로 된 적은 한 번도 없어. 바람이 잦아들기를 진심으로 기원해도 그렇게 되는 경우는 없거든. 그냥 때가 되면 저 알아서 사라지지."

"……"

"희망이라는 말은 아무런 힘이 없어. 그런데도 우리 지구인은 그 말을 너무 많이 써."

아이는 대꾸가 없었다. 빗물에 젖은 유리창을 바람이 흔들었다.

그의 부탁을 대놓고 거절한 것 같아 마음이 불편했다.

1시 48분. 내가 입을 열었다.

"널 도울 방법을 계속 생각해봤어."

사실이다. 계속 그 생각을 했었다.

"그런데 없더라. 배를 타는 것 말고는 할 줄 아는 게 없으니까."

배가 하늘로 날 리 없다. 생텍스는 비행기라도 가졌지만 배는 바다 외에는 갈 곳이 없다. 아이를 대하면 계속 나의 무능을 확인하게 됐다.

"배는 오직 이 행성의 수면만 돌아다닐 수 있어. 이차원 여행처럼 말이야. 넌 우주 공간을 날아온 삼차원 여행자잖아."

이런 생각도 했다. 지구에서 소행성까지 수평으로 바다가 이어져 있다면, 그래서 우리 둘이서 배를 타고 거기까지 갈 수 있다면 얼마나 좋을까. 실습항해사 때 혼몽에 빠진 상태로 해왕성, 켄타우루스자리의 프록시마, 북극성이 있는 작은곰자리, 견우성이라 불리는 알타이르, 작은개자리의 프로키온으로 가는 장면을 상상한 적이 있었다. 그렇게 아이와 배를 타고 KKL31302, UY43, WQA232, 이런 소행성들을 지나 B612에 닿을 수 있다면 정말이지 얼마나 좋을까.

아니면 배를 우주선으로 바꾸는 것이다. 우주를 날아다니는 것은 우주 비행기가 아니다. 우주선宇宙船이다. 배船라고 부르는 이유는 하나다. 잠깐 타고 마는 게 아니고 그 안에서 생활을 해야 하기 때문에. 배는 그게 가능하다. 반대로 말해야겠다. 그게 가능해야 배다. 낡은 내 배를 가지고도 두어 달은 망망대해에 떠 있을 수 있다. 그렇지만 무슨 재주로 배를 우주선으로 만든단 말인가.

구체적인 방법도 생각했다. 아이가 돌아갈 수 있는 유일한 방법은 그것들이 모두 모이는 것이다. 배를 타고 그것들을 찾아다닌다면? 찾을 수만 있다면 전 재산을 털어서라도 해볼 수 있을 것이다. 하지만 그것들 대부분은 어딘가로 사라진 상태이다. 팔십 년 만에 만난 저 조각처럼 그것들이 모두 사막에서 아이들을 살리기 위해 고군분투하다가 축 늘어져버렸다 해도 배는 사막에 갈 수 없다. 사흘간만 전쟁을 멈추면 어떻게 되지 않을까. 그런데 어떻게…… 이런 생각까지 했다는 것은 도와줄 능력이 안 된다는 것을 뜻했다.

"생 아저씨 비행기도 우주로 나가진 못했어."

"……"

"미안하다."

핑계를 대고 나서 나는 입을 다물었다. 바람이 조금 잦아들면서 시계 초침 소리가 가녀리게 들렸다.

"어디선가 들었는데, 지구에서 역사가 시작되고 전쟁이 없었던 해를 다 합쳐봐도 오십 년밖에 안 된대."

2시 11분. 나는 다시 입을 열었다.

"그때 왔다면 좋았을걸."

그러면서 몸을 돌렸는데 아이는 고개를 외로 돌린 채 창가에 어리는 물방울을 쳐다보고 있었다. 아내와 함께 보았던 병실 유리창의 빗물 같았다.

"네 말대로 손자가 태어나는 것을 좋아해야 할지 모르겠다. 수많은 전쟁과 질병으로 가득한 세상에 태어나는 게 축복받을 일일까 싶으니까."

아이는 듣고만 있었다. 나도 자연스럽게 입을 다물었다. 다시 비와 바람 소리가 들렸다.

2시 55분. 내가 말했다.

"이렇게 있으니 자꾸 무언가 떠올라."

"뭔데?"

"예전 어떤 잡지에서 읽었던 건데 도도새를 잡는 방법이야."

"도도새?"

"응. 도도새는 의심할 줄도 모르고 빨리 뛰지도, 날지도 못했던 새야. 방법은 아주 간단했어. 그냥 도도새 한 마리를 잡아서 울게 하면 돼. 그러면 다른 도도새들이 무슨 일인가 알아보기 위해서 뒤뚱거리며 다 모여들었다고 해."

"그러면?"

"다 죽었지."

"세상에."

"우리 인간들의 숫자가 늘어난 이유일 거야."

비와 바람 소리가 들렸다.

3시 3분. 내가 입을 열었다.

"비슷한 이야기가 더 있어."

"이야기해줘."

"캐롤라이나앵무라고 북아메리카에 살았던 새가 있어. 에메랄드 빛깔에 황금빛 머리를 한, 아주 아름다운 새였는데 전성기엔 그 수가 엄청나서 나그네비둘기 다음으로 많았대."

"그렇게 아름답다니 보고 싶은데."

"이젠 볼 수 없을 거야. 그애들도 다 죽었으니까."

"아주 많았다면서?"

"그 새는 총소리가 나면 날아올랐다가 죽은 동료를 살피러 곧바로 다시 돌아오는 습성이 있었대. 그래서 둥지를 짓고 사는 나무에 계속 산탄총을 쏘기만 하면 됐던 거지."

"맙소사."

"그래서 죽었어."

"……"

"모두."

우린 다시 비바람 소리를 들었다.

3시 40분. 내가 입을 열었다.

"고백할 게 있어."

"뭔데."

"아내가 죽었을 때 총이 있으면 좋겠다고 생각했어."

"왜?"

"모두 쏴 죽이고 싶었거든. 모든 병을 다 아는 듯이 거들먹거리면서 고쳐주지 못하는 의사나, 간호사들에게 신경질 부리던 같은 병동 환자와 보호자들 모두."

아이가 고개를 돌렸다.

"아저씨도 총을 쏠 줄 알아?"

"나도 군사교육을 받았어. 포복으로 기어간 다음 실탄 사격을 하고 수류탄을 던졌지. 적 군함 식별 훈련도 받고."

"그랬구나."

"전쟁이 나면 배도 차출되거든. 그때를 대비해 우린 장교가 된 거야. 군인은 아니지만 늘 준비 상태로 배를 타고 다닌 거지. 마치 전쟁을 기다리는 것처럼."

나는 약간의 회한에 젖은 채 말을 이어나갔다.

"거의 모든 나라에 군인들이 있어. 대포와 미사일, 전투기와 탱크 같은 것으로 무장을 하고. 국가와 국민을 지키기 위해."

"다들 지키기만 하면 전쟁이 일어날 리 없잖아."

"그렇겠지."

사람들은 자신의 몸을 지킨다는 이유로 권투나 태권도, 유도 따위를 배운다. 요즘 들어서는 종합격투기라는 것이 인기다. 차고 때리고 꺾고 조르는 기술이다. 그런 기술을 배우려는 심리에는 피해의식이 깔려 있을 것이다. 언제 당할지 모른다는 것. 그런데 정작 그 기술로 다른 사람을 먼저 위협하고 공격한다. 당하기 전에 먼저 때린다고나 할까. 그런 싸움이 국가 단위로 커지면 전쟁이다.

"전쟁을 일으키는 이유는 의외로 단순해. 국민들 불만을 다른 곳으로 돌리거나 다른 나라 재산을 빼앗거나 무기를 팔아먹기 위해서지. 하지만 모든 전쟁은 정의와 평화를 이유로 내걸어."

"뭐야, 마치 남의 이야기처럼 말하고 있잖아."

나는 멈칫했다. 공연히 아이의 관심을 전쟁으로 돌려놓은 것 같았기 때문이다.

불안 때문일 거야. 우린 완벽하지 못해. 너처럼 순수하지 못하다는 말이야. 그래서 그렇겠지만 우리는 별의별 짓을 다 해. 아주 착한 짓부터 아주 못된 짓까지. 정말이지 인류가 안 하는 짓이 뭐가 있을까.

네 말대로 이 지구에서 사는 사람 수가 아주 적다면 전쟁이 안 날까. 자신할 수 없어…… 나와 다른 사람의 삶에는 분명히 차이가 있어. 아무리 가까운 사이라도, 사랑하는 사람이라도 그가 느끼는 몸의 고통을 나는 안 느껴. 배가 고파도 몰라. 사람을 때려도 내 주먹은 약간의 둔탁함만 느낄 뿐이야.

내가 다른 사람을 때렸을 때 맞은 사람의 통증을 절반이라도 함께 느낀다면 우리는 이렇지 않을 거야. 총알이 사람의 폐를 관통했을 때 쏜 사람도 폐에 통증을 느낀다면 안 쏠 거 아니겠어? 사람은 자신이 아프거나 손해보는 짓은 안 하니까.

절도범이 자신의 굶주림을 항변하듯 그런 생각에 빠져 있는데 아이가 되물어왔다.

"그래서 어떻게 했어?"

"뭐가?"

"모두 쏘고 싶었다고 아저씨가 말했어. 그러면 안 되는 거잖아."

"물론 그런 마음은 곧 사라졌지. 용기도 없었고."

"그것은 다행이야."

"우리 모두에게는 야만성이 있다는 소리야."

"……"

"그렇지만 어떤 사람들은 그럴 배짱이 없어서 스스로 죽기도 해. 우리 지구가 전쟁을 많이 하지만 전쟁으로 죽은 사람보다 스스로 목숨을 끊은 사람이 더 많아."

"정말?"

"응, 두 가지는 분명해. 우리 대다수는 남을 죽이기보다는 스스로 죽음을 선택할 만큼 사실은 나쁘지 않아. 그리고 슬픔을 잘 느껴. 용맹함보다는 두려움이나 무서움이 더 인간적이니까."

"……"

"저번에 들었던 노래 있잖아? 악기 연주 말고 처음에 들은 이상한 말 같았던 것. 그것도 전쟁이 얼마나 바보 같은 짓인지를 노래한 거야."

아이는 긴 숨을 내쉬었다. 비와 바람 소리가 다시 들렸다.

5시 17분. 내가 물었다.

"사막으로 가기 전에 죽은 물고기를 오래도록 들여다보던데, 그때 무슨 생각을 한 거니?"

"생 아저씨가 죽었을 때를 생각했어. 지구에서 같이 사는 사이니까 비슷하지 않았을까 싶어서."

"그랬구나."

"아저씨가 보고 싶어."

"이해돼. 사막에서도 살아 돌아왔는데 전쟁 때문에 죽어버렸으니."

"한 번만이라도 만날 수 있다면 얼마나 좋을까."

"내 아내도 그래. 좋은 사람은 꼭 먼저 가."

"보고 싶은데 영원히 볼 수 없다는 것이 마음을 슬프게 해."

도대체 슬픔이라는 정서는 어디에서 온 것일까. 이별하면 슬프다. 이제 그 사람이 없어서. 그런데 미안하지만, 아버지가 죽었을 거라는 소문이 어디선가 들려오고 여전히 연락도 없어 그의 죽음이 기정사실이 되었을 때 나는 슬프지 않았다. 그전에 할아버지가 죽었을 때도 슬프지 않았다. 앞의 것은 되레 다행이라는 생각이 들었고 할아버지 때는 아무 느낌이 들지 않았다. 그저 때가 돼서 이 세상에서 사라지는 것이라고 여겼다.

아내가 숨이 끊어졌을 때는 슬펐다. 좋은 사람과 헤어지면서 느끼는 슬픔은 앞으로 다가올 외로움을 짐작하는 데서 생기는 게 아닐까. 좋은 사람은 내 편 같으니까. 내 편이 있으면 좋은 것이니까. 내 편이 없으면 외로우니까. 나는 충동적으로 말했다.

"난 네 편이야."

6시 33분. 아이가 입을 열었다.

"아저씨는 조금 있다가 술을 마실 것 같아."

"왜?"

"아내 이야기를 했고 슬퍼하니까."

"아니, 안 마실 거야."

"정말?"

"응. 나는 배에서 술을 마실 때 종종 네가 만난 그 주정뱅이를 떠올리곤 했어. 지금 마시면 정말 그런 사람이 돼버릴 것만 같아."

바람이 잠깐 잦아들자 벽시계 초침 소리가 다시 들렸다.

우리는 잠이 들었다가 한 시간 반쯤 뒤에 깨었다.

"꿈을 꿨어."

"나도."

"그래? 궁금한데."

"아저씨부터 이야기해봐."

"또 배 타는 꿈이었어. 수평선을 향해 계속 가는 꿈. 아직도 이 짓을 하고 있구나 생각했는데 깨고 보니 이곳이야."

"나도 비슷해."

"뭔데?"

"노란 별을 향해 날아갔어."

아이는 그러고 말았다.

"그게 다야?"

"응. 그냥 가기만 했어. 그러다 깨어보니 나도 여기야."

그러면서 그는 웃었다.

8시 17분. 내가 물었다.

"우주를 여행하면 지루하지 않니?"

"별에서 별로 갈 때는 잠이 든다니까."

"좋겠구나. 나는 잘 수 없어서 지루했는데. 화물선은 아무 일이 없는 게 목표야. 아무 일 없이 제시간에 제 항구에 도착하는 것. 단지 그것뿐이지. 그래서 우리는 아무 일 없는 것을 목표로 일들을 해. 조금 우습지? 전쟁도 그럴 거야. 우리의 목표는 싸워서 이기는 게 아니라 전쟁 같은 게 아예 안 일어나도록 하는 거겠지. 생각해보니 정말 그렇다. 아무 일 없는 게 가장 좋은 목표야."

9시 45분. 아이가 물어왔다.

"아저씨는 오랫동안 배를 타고 바다를 돌아다녔잖아."

"그랬지."

"그렇게 오래 타면 뭐가 달라지지?"

나는 한동안 생각하다가 대답했다.

"글쎄, 넓은 세상을 알게 됐다는 대답이 떠오르는데. 하지만 알아봤자 뭐해, 라는 생각도 같이 들어. 할 수 있는 게 아무것도 없으니까."

아이는 대꾸하지 않았다. 비와 바람 소리가 다시 들렸다.

11시 8분. 꽃에게 말을 걸거나 바오밥나무를 잘라내거나 화산 분화구를 쑤시는 장면을 떠올리며 내가 물었다.

"너의 별에 가게 되면 말이야, 가장 먼저 하고 싶은 게 뭐야?"

"그것은 생각해놨어."

"뭔데?"

"내 별을 꼭 안아줄 거야. 오랫동안 외로웠을 테니까. 내 별이 작아서 다행이야."

"멋진데."

"난 말이야, 이제 내 별을 이해했어."

"그래? 어떻게."

"이해했다고 다 말할 수 있는 것은 아니야."

12시. 내가 말했다.

"네가 가버린 후에 내 인생이 어떻게 될지 생각해봤어."

"어떻게 될 것 같아?"

"잘 모르겠어. 그래서 할말이 없어. 그래도 이것만은 분명해. 네가 정말 보고 싶어질 거야."

"고마워. 그럼 난 행복해질 거야."

"……"

"나를 보고 싶어하는 사람이 있다는 것은 행복한 일이니까."

"그렇지."

"나도 아저씨가 보고 싶어질 거야."

"나도 고맙다."

그리고 생각했다. 내가 보고 싶어한다는 것을 아내도 알까? 고마워할까? 그러다 나도 모르게 몸을 뒤틀며 울음을 터뜨렸다. 아이는 가만히 있었다.

12시 28분. 내가 말했다.

"이런 생각도 했어. 나는 몹시도 평범한 사람인데 너를 만나서 특별한 존재가 된 기분이야. 넌 그저 이 별에 와서 한 사람을 만났을 뿐이지만 내 입장에서는 우주에서 유일한 존재를 만난 것이니까."

"찾아보면 우주에 나 같은 아이들은 많을 거야."

"그럴지도 모르지만 우린 찾아볼 능력이 없잖아."

조금 전의 울음이 부끄러워 나는 일부러 웃었다.

1시 2분. 내가 물었다.

"그런데 있잖아. 저애들, 그러니까 그것들도 갈 계획이 있는 거야?"

"이제 이 별을 떠날 거라고 저애들이 말했어."

"그러면 너의 별에 가긴 가는 거야?"

"그것들이 모두 모이면 알게 되겠지."

우리는 입을 다물었다. 다시 비와 바람 소리가 들렸다.

1시 23분. 내가 물었다.

"그런데, 저 조각마저 가버리면 이젠 전쟁터에서 생기는 작은 기적들도 사라지는 거야?"

"우리가 모르는 것이 따로 있지 않다면 아마도."

1시 41분. 내가 말했다.

"어른들 욕하기는 쉬워. 그런데 지금 어른들도 예전엔 어린이였어. 별을 보고 상상하고 꽃을 보고 감탄하는."

아이는 들었다. 그 어린이들이 이런 어른으로 되어버린 건 그 앞 어른들 책임이겠지. 그러면 그들만 책임 있을까? 그들을 그렇게 만든 이들은 그 앞의 어른들이고, 그렇게 자꾸 올라가다보면 모든 책임은 최초의 아버지와 어머니에게 있는 거겠지. 이 말을 할까 말까 망설였고 끝내 하지 않았다.

13

우리는 이틀간 그렇게 있었다. 그사이 비가 그치고 바람도 잦아들었다. 사흘째 되는 날 늦은 오후, 구석에 머물던 그것이 길게 늘어나며 아이에게 다가왔다. 조금 뒤 아이가 말했다.

"좋은 소식이야."

"뭔데?"

"회복이 되었고 그것들도 오고 있대."

"정말로?"

"응. 높은 곳으로 나를 데려다줘."

아이가 접어놓은 종이를 집어들고 일어서는 사이 그것이 아이의 목덜미로 옮겨갔다. 문을 열고 나가는 동작이 너무 빨랐기에 덩달아 뒤따라가던 나는

"잠깐만, 잠시만 기다려줘."

외치며 집으로 돌아갔다가 나왔다. 경황없는 와중에 무언가가 떠올랐던 것이다.

동백나무 숲 오른쪽으로 휘어지며 산봉우리까지 올라가는 길이 집 뒤로 나 있었다. 우리는 앞뒤로 서서 걸었다. 바다도 평정을 되찾았고 공기도 맑았다. 중간에 구실잣밤나무 군락지가 있고 길은 그 왼편으로 이어졌다. 오른편에는 이제 사람들이 다니지 않아 거의 사라져버린 길의 흔적만 남아 있었다. 그곳이 오래전 나무하러 다니던 장소였다.

그때 내가 이렇게 살 거라고 짐작이나 했겠는가. 해양대학을 가겠다는 결심. 항구로 이사. 고등학교를 졸업하고 부산으로 유학. 대학. 선상 생활. 결혼. 출산. 항해사와 선장 근무. 그리고 아내의 죽음. 고향 섬으로 이사. 딸아이의 임신. 느닷없는 아이의 방문.

어느 것 하나 짐작했던 일이 없었다. 짐작과는 늘 다르게 세상은 돌아간다고 이야기 시작 부분에 말했었다. 그런데 짐작하고 있던 딱 하나가 닥쳐온 것이다. 아이와의 이별. 하지만 막상 그게 다가오자 어떻게 해야 좋을지 알 수가 없었다.

양쪽에서 솟구쳐오른 가지가 서로 만나다시피 한, 터널처럼 되어버린 숲을 가로질러 더 올라갔다. 돌계단을 타 오르고 관광객들이 만들어놓은 작은 돌탑들도 지났다. 그러는 동안 나는 아주 소중한 사람을 멀리 보내기 위해 기차역까지 걸어가는 노인 같은 심정이었다.

그리고 마침내 봉우리에 닿았다. 두세 가지의 엉성한 운동기구가 녹슬어 있었다. 철봉과 허리 회전판 같은 것이 오래전 코가 떨어져나간 코끼리와 기린처럼 서 있었던 것이다.

"거의 다 왔어."

그의 목덜미에서 그것이 삐죽 솟아났다. 마치 목도리처럼 보였는데 그것도 자신의 일부가 가까이 오는 것을 기다리고 있는 눈치였다. 나는 그것을 만졌다. 그것도 내 손을 만졌다. 그때 바닷속으로 잠수했을 때 궁금했던 게 떠올랐다.

그러나 물어보려던 찰나 하늘에 무언가가 나타났다. 커다랗고 반투명한 공 같은 게 허공에 등장한 것이었다. 아이 목덜미에 있는 것보다 훨씬 컸다. 그것은 부드럽게 내려와 아이와 한동안 눈을 맞추듯 떠 있더니 가볍게 내려앉았고 목덜미의 그것과 합쳐졌다.

모든 이별은 급작스럽다. 특히 이런 경우는. 그러니 이별을 어떻게 치러내야 할지 걸어오는 내내 생각했지만 아직도 모르고 있었다. 아이가 가버린다면 생텍스나 아내와 같은 경우가 될 것이다. 그렇지 않겠는가. 아주 먼 우주 너머로 갈 테니까. 영원히 만날 수 없으니까. 혹시 팔십 년 뒤에 다시 찾아온다 하더라도, 그건 내가 세상을 뜬 지 한참 뒤의 일일 테니까.

생텍쥐페리의 책 속에는 이런 문장이 있다.

가령 네가 오후 네시에 온다면 난 세시부터 벌써 행복할 거야. 시간이 갈수록 점점 더 행복해지겠지. 네시가 되면 난 벌써 흥분해서 안절부절못할 거야.

맞는 말이다. 좋은 사람이란 그런 존재다. 하지만 나는 아이가 내 앞에 나타날 거란 걸 몰랐다. 그래서 기분이 좋아지지 못했다. 단지 놀라기만 했다. 그리고 이제 곧 갈 것이라는 것만 알고 있다. 그래서 이렇게 중얼거렸다.

"네가 화요일에 떠난다면 나는 토요일부터 우울해질 거야. 그런데 이렇게 갑작스러우면 그럴 시간도 없는 거잖아."

그러자 슬픔이 안개 덩어리처럼 밀려왔다. 배에서 가장 곤란해지는 경우는 파도도 바람도 아닌 안개가 찾아들었을 때다. 그러면 스스로 사라질 때까지 기다릴 수밖에 없다. 우리 마음에 찾아오는 슬픔도 그렇다. 그래서 우왕좌왕했다. 갈팡질팡했다.

"이번에는 네 별에 갈 수 있겠지?"

"응. 그렇게 하겠대."

아이가 말을 이었다.

"같이 가지 않겠냐고 물어보는데?"

그 권유는 생각지도 못한 것이었다.

"정말?"

"응, 저번에 아저씨하고 바다 갔다 온 뒤에 친해진 모양이야."

"그렇다면 다행이군. 나도 가보고 싶기는 해."

나는 잠시 생각해본 다음 대답했다.

"내가 만약 너의 별에 가게 되면 우리 지구별을 바라보게 되겠지. 이제 나에게는 선장이라는 직책도 없고 아내도 없지만 여기에 다시 오고 싶어지겠지. 네가 간절히 너의 별로 되돌아가고 싶어하는 것처럼 말이야."

"그렇겠군."

"그리고 난 너랑 달라서 우주로 나가는 순간 죽을 거야. 아무리 그것이 보호해준다고 해도. 우리가 우주로 나가려면 엄청나게 비싼 우주선을 타고 그리고 아주 복잡한 옷을 입어야 되거든."

"음."

"너는 우주를 여행할 수 있지만 우리 인류는 바라보고만 있어야 해. 몇몇이 아주 가까운 달에는 다녀왔어. 그러니까 이 섬이 우주라면 방문을 열고 손가락만 얼른 바깥에 대본 정도야. 그러고는 지금까지 더 나아가보지 못했어. 그건 별을 이렇게 멀리서 바라보고만 살라는 뜻일 거야."

"……"

"무엇보다도 이제 딸마저 두고 멀리 갈 수는 없어."

나는 마지막 질문이라는 심정으로 물었다.

"있잖아."

"응, 이야기해."

"지구별은 망할까?"

"몰라. 그것을 누가 알겠어."

우리는 서로를 바라보았다. 여전히 맑은 눈빛이었다. 그리고 껴안았다. 이별은 어떤 경우에도 슬펐다. 포옹을 푼 다음 아이는 주머니에서 생텍스와 나의 그림을 꺼내 확인해보고는 다시 넣었다. 나도 생 아저씨처럼 잘 그렸으면 얼마나 좋을까. 대신 집으로 되돌아가 가져온 것을 건네주었다.

"뭐라도 선물하고 싶은데 마땅한 것이 없어서. 이거라도 받아줘."

"낚싯대잖아."

"응. 너에게 낚시를 못 시켜준 게 마음에 걸렸거든."

"내 별에는 바다가 없는데?"

"음, 밤에 빛나는 긴 별무리를 우리는 은하수라고 불러. 반짝이는 강물이라는 뜻이지. 그러니 낚시를 해볼 수도 있겠지."

아이는 싱긋 웃었다.

"그래볼게. 그럼 아저씨, 안녕."

"그래, 잘 가. 안녕."

"……"

"난,"

나는 그예 참지 못하고 한마디 더 했다.

"네가 우주 저멀리 간다 해도 슬퍼하지 않을 거야."

"……"

"발톱은 머리에서 가장 멀리 떨어져 있지만 그렇다고 슬퍼하지는 않잖아. 거기 있는 거 아니까."

"맞아."

"잘린 머리카락이 바람을 타고 절벽 아래로 떨어진다고 해도 슬퍼하지 않는 것처럼 말이야."

"그것도 맞아."

아이는 또 웃었다. 나는 물러섰고 그것이 타원형으로 그를 감싸기 시작했다. 해파리 같고 연기 같고 녹은 유리 같은 그것 안에서 아이가 손을 흔들었다. 나는 더 물러섰다. 그것은 푸른색을 거쳐 은색으로 변했다. 동시에 천천히 떠올랐다. 그리고 잠시 머뭇거리다가 빠른 속도로 날아오른 다음 순식간에 사라져버렸다.

나는 몸을 돌려 걸어내려왔다. 그리고 아무 일도 없었던 것처럼 마을을 향해 걸어간 다음 배를 타고 바다로 나갔다. 그사이 해가 떨어져 등대 뒤쪽에 도착했을 때는 이미 어둑어둑해져 있었다. 엔진을 끄자 수천만 년 첩첩 이어져온 깊은 적막이 다시 밀려왔다.

닻을 놓지 않아서 배는 천천히 동쪽으로 떠밀리기 시작했다. 나는 갑판에 앉아 수평선 위에 촛불처럼 남아 있는 노란 노을의 흔적을 지켜보았다. 그것은 마치 누군가가 남기고 간 마지막 숨결 같았다. 어쩌면 이별하기에 가장 좋은 방법은 바다에 떠 있는 것인지도 몰랐다.

14

나는 요즘도 종종 밤하늘을 올려다보며 아이를 생각하곤 한다. 그런데 그를 떠올리면 꽃에게 물을 주고, 화산을 쑤셔주고, 활화산에서 밥을 해먹는 어린 왕자의 모습은 떠오르지 않는다. 대신, 몸을 동그랗게 구부려 아주 작은 별을 껴안은 채 우주 공간에 떠 있는 모습만 생각난다. 꼭 그러고 있을 것만 같다.

오늘도 나는 수평선을 향해 배를 타고 나갔다가 돌아왔다.

작가의 말

바닷가를 일만 번 걸었습니다.

발자국과 파도 소리
수평선에서 날아오는 물새
물새의 그림자가 미끄러지는 수면
예전에 찾아갔던 먼바다 낯선 항구들과
생의 갈림길마다 맞닥뜨렸던 이들에 대한 기억
왜 나는 번번이 보통의 사람들과는 다른 선택을 하는가,
하는 의문들이 늘 같이 있었습니다.
그리고
'이 모든 것은 나를 어디에 이르게 하는 장치들일까?'
했던 어느 시인의 말까지.

그동안 일만 번 바닷가를 걸었습니다.

일만 번의 횟수가 채워진 날 문득 '그 무엇'이 저에게 왔습니다. 비로소 저의 행보가, 심지어 인생까지도 조금은 이해가 되는 듯했습니다. 이러려고 그 많은 바닷가 길을 거쳐왔구나, 생각이 들면서.

그게 이 소설입니다.

2018년 가을

한창훈

문학동네 장편소설
네가 이 별을 떠날 때

1판 1쇄 2018년 11월 15일
1판 2쇄 2018년 12월 7일

지은이 한창훈
펴낸이 염현숙
책임편집 정은진 | 편집 김내리 이성근 이상술
디자인 최윤미 유현아 | 마케팅 정민호 박보람 나해진 우상욱
홍보 김희숙 김상만 이천희
제작 강신은 김동욱 임현식 | 제작처 영신사

펴낸곳 (주)문학동네
출판등록 1993년 10월 22일 제406-2003-000045호
주소 10881 경기도 파주시 회동길 210
전자우편 editor@munhak.com | 대표전화 031) 955-8888 | 팩스 031) 955-8855
문의전화 031) 955-3576(마케팅) 031) 955-8864(편집)
문학동네카페 http://cafe.naver.com/mhdn | 트위터 @munhakdongne
북클럽문학동네 http://bookclubmunhak.com

ISBN 978-89-546-5336-7 03810

* 이 도서의 국립중앙도서관 출판예정도서목록(CIP)은 서지정보유통지원시스템 홈페이지(http://seoji.nl.go.kr)와 국가자료공동목록시스템(http://www.nl.go.kr/kolisnet)에서 이용하실 수 있습니다.(CIP 제어번호: 2018032829)

www.munhak.com